U0463461

刘醒龙地理笔记

# 脉脉乡邦

刘醒龙 著

长江出版传媒 | 长江少年儿童出版社

**图书在版编目（CIP）数据**

脉脉乡邦 / 刘醒龙著 . — 武汉：长江少年儿童出
版社，2023.10
（刘醒龙地理笔记）
ISBN 978-7-5721-2680-2

Ⅰ . ①脉… Ⅱ . ①刘… Ⅲ . ①散文集－中国－当代
Ⅳ . ① I267

中国国家版本馆 CIP 数据核字（2023）第 004367 号

---

刘 醒 龙 地 理 笔 记 | **脉脉乡邦**
LIU XINGLONG DILI BIJI | MOMO XIANGBANG

---

| | | | |
|---|---|---|---|
| **作　者** | 刘醒龙 | **出版发行** | 长江少年儿童出版社 |
| **出品人** | 何　龙 | **网　址** | http://www.cjcpg.com |
| **策　划** | 姚　磊　胡同印 | **承 印 厂** | 湖北金港彩印有限公司 |
| **责任编辑** | 刘　瑛 | **经　销** | 新华书店湖北发行所 |
| **营销编辑** | 唐　靓 | **开　本** | 787 毫米 ×1092 毫米　1/32 |
| **版权编辑** | 龚华静 | **印　张** | 9.5 |
| **助理编辑** | 赵　越 | **字　数** | 145 千字 |
| **装帧设计** | 刘嘉鹏 | **版　次** | 2023 年 10 月第 1 版 |
| **排版制作** | 方　莹 | **印　次** | 2023 年 10 月第 1 次印刷 |
| **责任校对** | 莫大伟 | **书　号** | ISBN 978-7-5721-2680-2 |
| **督　印** | 邱　刚　雷　恒 | **定　价** | 58.00 元 |

---

刘醒龙地理笔记

# 脉脉乡邦

## 目录

# 重　来

最苍茫那句：知音去我先，愁绝伯牙弦！那一年，夜宿这湖边，秋月初凉，清露微香，偶然得获此诗此意。并非月移花影的约定，前几天，重来旧时湖畔，天光似雪，水色如霜，心情被雁翼掉下不太久的寒风吹得瑟瑟时，忽然想起曾经的咏叹，沧桑之心免不了平添一种忧郁。

一段小小时光，配得上任何程度的纪念。

高山上，流水下，知己忘我，琴断情长。在此之前，记得与不记得、知道或不知道，都与别处物种人事相差不多。因为过来，因为看见，风情小俗，风流大雅，便镂刻在凝固后的分分秒秒之间。能去地狱拯救生命的，一定要知其何以成为天使；敢于嘲笑记忆衰减、相思偾张的，并不清楚往事如何羁押在尘封的典籍中泣不成声。弱枝古树，前十年红尘际会；旧石新流，后十年灵肉相对。整整二十载过去，草木秋枯，留下的唯有松柏傲骨。

一种离去的东西被长久怀念，定是有灵魂在流传。

临水小楼依旧以清水为邻，流星湖岸还在用星光烛照。

此时此刻，听得见当初水边浅窗内纸笔厮磨沙沙声慢。

斯情斯意，孤独倚涛人可曾心动于咫尺天涯切切弦疾？

兰亭竹掩，梅子霓裳。珊瑚红静，紫霞汪洋。泛觞荷野，邀醉雁霜。有曲琴断，无上嵩阳。廊桥情义，渔舟思想。细雨诗篇，大水文章。

那些用白发蘸着老血抒写的文字，注定是这个人的苦命相知。马鸣时马来回应，牛哞时牛来回应，如若幻想马鸣而牛应，抑或牛哞而马应，只能解释为丰草不秀瘠土，蛟龙不生小水。鲍鱼兰芷，不同箧而藏；君子小人，怎能共处？譬如，黄昏灯暗，《挑担茶叶上北京》的字与字中，有心鸣冤，无处擂鼓，让相知变成面向良知的一种渴盼。譬如，黎明初上，《分享艰难》的行与行里，两簪相扶，不陷井阱，则成了相知的另一番凄美景象。天下心心相印也好，惺惺相惜也罢，莫不是如此。

凄美不是催化知音的妙方，而是非凄美无以验证。那些自扫门前雪的饮食男女，不管他人瓦上霜的市井贵胄，只求一己活得舒坦，还要知音典范作甚！如此想来子期伯牙定非伶官，那年头善琴者必是君子！世事重来何止琴瑟共鸣，那些天将与之、必先苦之之人，是将命运做了知音。世态百相中天将毁之，必先累之，任他不可一世，终不及草芥一枚，这才符合万般知音中的人伦天理。所谓国色何须粉饰，天音不必强弹，是将人世做了人格的知音。所谓播种有不收者，而稼穑不可废，是将品行做了世道的知音。

沉湖纵深处，芦荻飞天，为铭记鬼火能焚云梦。

江汉横流时，洪荒亘古，以警觉贼蚁可决长堤。

天知地知你知我知本质是阴险虚伪，知天知地知你知我倾诉的才是心声。

愿做情痴自然会相遇红颜知己，深陷情魔少不了聚合狐朋狗友。大包大揽大彻大悟无所不知无所不晓的相知者肯定从未有过，否则颂为知音始祖的伯牙怎么无法预测子期命之将绝？俞公摔琴，流芳百世，如心血之作遭人谬读便愤然焚书，肯定会成为现实笑料。钟君早去，遗恨无边，若身心受到诋毁就厌世变态，会错失自证自清的良机。沧海混沌，不必计较些许污垢，更不可以此否定其深广无涯。世人都在叹息钟俞二君，殊不知二位一直在为刚愎矫情的后来者扼腕。历史总在寻觅相知，却不在意相知或许正是能开花则开花、不能开花便青翠得老老实实的那棵草。

一丝一弦，山为气节独立攀高。

一滚一拂，水因秉性自由流远。

依随千古绝唱旧迹，续上肝肠寸断心弦。知音之魂，在山知山，在水知水，在家须知白石似玉，在国当知奸佞似贤。

留恋才思泉涌的二十年前，尊崇老成练达的二十年后，用十个冷暖人间，加上十个炎凉世态作相隔，前离不得，后弃不得。如果忘掉夹在中间这个叫我的人，被二十个春夏秋冬隔断的此端与彼端，正如湖心冷月相遇霜天红枫，深的大水与薄的冰花，肯定无法阻挡两情相悦两心相知。人孤零零来到这个世界时，从未签约保证朋友多多，

● 高山流水之处都是乡邦

处处春暖，处处花开，也从未有过公开告示其孤苦伶仃似落叶秋风。天长地久的一座湖，也做不出才子佳人锦绣文章承诺。而我，在与这湖最亲密的时候，日后且看且回眸的念头也曾难得一见。人之所在，唯有时光是随处可见又无所追逐的终极知音。只可惜指缝太宽，时光也好，知音也罢，全都瘦得厉害，到头来免不了漏成一段地老天荒。这时候，静是唯一的相知，偌大一座湖，偌大一面琴，鸳鸯来弹，织女来弹，柳絮鹅绒来弹，鸿鹄来听，婵娟来听，雨雪雷电来听，还有那些思念、那些重来！

**附记**：一九九五年国庆节后在南湖边武汉职工疗养院小住半月，于十月九日完成中篇小说《分享艰难》写作，紧接着于十月十六日完成《挑担茶叶上北京》写作，前者成为学界多年以来重要研究课题，后者则获第一届鲁迅文学奖。

二〇一四年十二月十二日于东湖梨园

# 天　香

　　一座山从云缝里落下来，是否因为在天边浪荡太久，像那总是忘了家的男人，突然怀念藏在肋骨间的温柔？

　　一条河从山那边窜过来，抑或缘于野地风情太多，像那时常向往旷世姻缘的女子，终于明白一块石头的浪漫？

　　山与水的汇合，没有不是天设地造的。

　　在怡情的二郎小城，山野雄壮，水纯长远，黑夜里天空星月对照，大白天地上花露互映。每一草，每一木，或落叶飘然，或嫩芽初上，来得自然，去得自然，欲走还留的前后顾盼同样自然。

　　小雨打湿青瓦人家，晨曦润透石径小街。都十二月了，北方冰雪的气息，早已悬在高高的后山上，只需心里轻轻一个哆嗦，就会崩塌而下。小街用一棵树来表达自身的散漫和不经意，毫不理睬南边的前山，挡住了在更南边驻足不前的温情。

一棵树的情怀，不必说春时夏日秋季，即便是瑟瑟隆冬，也能尽量长久地留下这身后岁月的清清扬扬、袅袅婷婷。细小的岩燕，贴着树梢飘然而过，也要惊心一动，被那翅膀下的玲珑风，摇摇晃晃好一阵。当一匹驮马或者一头耕牛重重地走近，树叶树枝和裸露在地表的树根，全都怔住了！深感惊诧的反而是鼻息轰隆的壮牛，以及将尾巴上下左右摇摆不定的马儿。

山水有情处，天地对饮时。一棵树为什么要将那尊沧桑青石独拥怀中？若非美人暗自饮了半盏，趁那男人半立之际，碎步上前，云水般悄然粘贴身后，临街诉说心中苦情，有谁敢如此放肆？乾坤颠倒，阴阳转折，将万种柔情之躯暂且化为一段金刚木，做了亿万年才练就强硬之石的依靠！一如江湖汉子走失了雄心，望灯火而迷茫，将离家最近的青石街，当成天涯不归路，饮尽了腰间酒囊，与数年沉重一起凝结街头，在渴求中得遇久违之柔情，再铸琴心剑胆。

　　树已微醺，石也微醺。

　　微醺的还有那泉，那水，那云，那雾……

　　所谓赤水，正是那种醉到骨头，还将一份红颜招摇于市。只是做了一条河，便一步三摇，撞上高入云端的绝壁，再三弯九绕，好不容易找到大岭雄峰的某个断裂之缝，抱头闭眼撞将进去，倾情一泄。有轰鸣，但无浑浊；很清静，却不寂寥。狂放过后是沉潜，激越之下有灵动。在天性的挥霍之下，桃花源一样的平淡无奇，忽然有了古盐道，以及古盐道上车马舟楫载来的醉生梦死、萧萧酢歌。

　　所谓郎泉，无外乎将人生陶醉，暂借给潜藏在亿万年的岩层中，那些无从打扰的比普通水还要普通之水。这样的泉水，看得见红茅草和白茅草的根须，年复一年，竭尽所能地向最深处，送去一颗颗针鼻大小的水滴。只是不知这些年，又有了多少草根的汗珠！相同道理，这泉水少不了清瘦黄花、冷艳梅花在爱恋与伤情中，反复落下的泪珠。任谁都会记得其中多少，只是无人愿意再忆伤情抑或残梦重温。在有诗性的白垩纪窖藏过，再苦的东西，也会香醇动人。

流眉懒画，吟眸半醒。

临水泛觞，与天同醉。

似轻薄低浅的云，竟然千万年不离不弃！

分明貌合神离的雾，却这般千万年有情有义！

云在最高的山顶苔藓上挂着，雾在最低的河谷沙粒上歇着。一缕轻烟，上拉着云，下牵着雾，一时间淡淡地掩蔽所有山水草木，仿佛是那把盏交杯之性情羞涩。还是一缕轻烟，上挥舞着云，下鞭挞着雾，顷刻间酽酽然翻滚全部悬崖深壑，宛若那鸿门舞剑之酒肉虎狼。淡淡的是淡淡的醇香，酽酽的是酽酽的醇香。淡淡之时，一朵梅花张开两片花瓣，如同云的翅膀；酽酽之时，两朵梅花张开一片花瓣，仿佛雾的羽翼。偶尔，还能听到一块石头尖叫着，从梅的花蕾花瓣堆成山也高攀不上的地方跳出来，夸张了一通，然后半梦半醒地躺在野地里。让人实难相信，世上真有不胜酒力的石头？

是往日珊瑚石，还是今日珊瑚花？映着幽幽意，从山那边古典地穿越过来，又穿越到山那边的二郎小城。

是一只岩燕，还是一群岩燕？带着剪剪风，从云缝里丝绸般落下来，又落在云缝里的二郎小城中。

山水酿青郎，云雾藏红花。山和水的殊途同归，云与雾的天作之合，注定要成就一场人间美妙。舒展如云，神秘像雾，醇厚比山，绵长似水。谁能解得这使人心醉的万种风情，一样天香？

二〇一二年元旦于东湖梨园

# 天　姿

深情莫过深秋，红颜哪堪红叶。

沿着巴河水线边雪一样洁白的细沙，一程程逆流向上。将城市尘嚣丢在汽车的尾气里，再从纷乱如麻的通途中，选择一条用忧郁藏起残春的平常道路，远望大崎山，伫对大崎水，抢在偌大的北风到来之前，寻一寻温柔过往。直到那些像细沙一样多的传说，变成大崎山中坚冰般纯情的巨石。

那名叫牛车河的田畈，那名叫百丈崖的山冲，那名叫芙蓉苑的老屋，凡此种种细微的地理，春风拂面时，大小如同一朵花苞；此刻，因为秋已深，因为霜已近，才变得如同一片向着天空瑟瑟的红叶。

　　清风缕缕掠过，丝丝情意分不清是微寒或者稍暖，悄然颤抖只在心中，谁让她变成参天大树的摇晃，留下落叶漫天飘散，更使落叶幻化群山。青山座座扑来，重重喟叹，想必是为着前世与来生，环顾求索才上眉梢，恍然间流泉飞溅白云横渡，只见得薄雾浓霞搂去了丰腴山坳、高挑峰峦。

　　五角枫红了，刺毛栗红了，鸡爪槭红了，茅草葛藤灌木林，一丛丛一片片地红了，最红最红的却是山间道道田埂上、处处土岸边，由一棵棵孤独聚集而成的乌桕林海。奔着秋色而来，可是为了追究人生某个元素？是少年用竹箢将太多太多的乌桕落叶收拢来，铺在自家门前晒成过日子的薪火？是青春将太艳太艳的乌桕落叶铺陈开来，陶醉成对所有岁月的倾情浪漫？那样的红叶，是任何一棵树都会拥有的火热之心。那样的红叶，是任何一个人都能点燃的蜡烛青灯。那样的红叶是藏得太久的心在轮回，那样的红叶是迸发太多的情在凝眸。

　　是昨日晚霞的宿醉，还是今朝晨露的浓妆？或者是二者合谋将天堂迷倒，摔落银河里的许多星斗，暂且栖身

● 大别山主峰天堂寨之深秋红叶

乌桕树梢。风不来时，绵绵红叶可忘情；雨不落时，磅礴红叶胜雨声。片片只只，层层叠叠，团团簇簇。终于能够不必相信灿烂等于匆匆，匆匆过后还有足以撼动心魄的重逢。终于明白夏天偶尔可忆春花，冬日永远记得秋色。

无所谓欢乐，欢乐再多，红叶也不会为了某种心情而特殊热烈；也不必矜持，含蓄再美，红叶也不会为了某种性格而改变明艳。平平常常踏踏实实就行，用挤满水稻醡香的沃土铺路，款款地走向用红叶燃烧的山野。轻轻松松明明白白亦可，受丛生花草芳菲的季节拥戴，悠悠然迈向用红叶拥抱的胸怀。没有忍耐，也不需要急躁；没有伤感，也不需要快乐。唯独不能缺席的是记忆中的怀念，或者是怀念中的记忆。红叶是情怀中的一颗心，红叶是一颗心中的情怀。记住了红叶，就不会有对赤诚的遗忘。

不用盼望，明年，明年的明年，还会在这里；不用纪念，去年，去年的去年，总会在这里。红叶让春花的来世提前，又让其前缘重现。百年乌桕将一切愁苦尽数冬眠在斑驳的树干上，又将红叶高擎于天，就像人世间总是需要的信心与信念。

秋叶一树，正如那座天堂大山的掌心红痣！

二〇一三年十一月九日于东湖梨园

二〇二三年五月三日修改于斯泰苑

# 天 心

　　小时候，曾怀揣过一方别样的小石头。听大人说，这种石头还会生长，于是又将石头放回山上。多年后，在东海，见到像牡丹绽放玫瑰飘香一样的水晶，才发现那无根无叶无眼泪的僵硬之物之所以还会生长，是这些宛如千仞壁立的石头性情更比如水流年。

　　世事千千万，都有一样的说法，譬如好与不好。

　　天地万万千，也有一样的标准，譬如美或不美。

　　日常中的山，总是以五岳为宗，后来多出一种赞叹，称为黄山归来不看岳。再往后肯定还有逍遥游历兴致飞扬的由衷大话。沧桑里的水，免不了用黄河开篇，随之就派生两全其美，硬把西湖比西子，过些时少不了又会有怡然性格率真脾气的金口玉言。但凡需要彰显个人所好时，人人都会穷尽褒扬。也是因为张口就来的语言可以不计成本，一句顶一万句的不见得必须珠光宝气，一万句顶一句的也不会破帽遮颜。即便万水千山、山高水远，人间趣味仍是见山啸风、临水扬帆。难得有山水合璧，一抱就能抱成团，一眼就能望得穿，一想收藏就能安放紫檀座上、红木丛中！

　　似这样山与水的咫尺天涯，出于对一种名叫水晶的器物的等待。

　　在原野中互相追逐是乡村童年的天赐。在记不清的某次追逐中，某个孩子因故突然站住不动了。有时候是遇上一丛狼牙刺，有时候是碰到一只马蜂窝，有时候根本没有原因，只不过是累了不想玩了。有时候是发现一枚生锈的子弹壳、半个残缺的老铜钱、不知何故独自待在小树林中的女子，或者是一块六角形状的半透明的小石头。读过的书在提醒我们，这石头应当是水晶。读过的书又提醒我们，水晶是何等的宝物，这小石头实在太简陋了！

　　在真的水晶出现后，多年以前的犹豫变成一个道理，哪怕当一辈子石头，也要过上几天水晶日子。

几乎每一次，当年的孩子多么希望这雨水冲刷出来的石头正是神话中的宝贝。只可惜见多识广的长辈，感兴趣的是老铜钱、子弹壳和小树林中的孤独女子。被我们小心翼翼捧在掌心的石头，他们从未看过两眼。事实上，当男孩刚刚想到这六角石头是否可以作为信物送给心爱的女孩时，我们就长大了，长得同身边的成年人一样，除非是不经意，也开始不用正眼看一看这种山野间偶尔得见的略有新意的石头。

若不是二〇一五年秋天偶然到了苏北的东海，这辈子极有可能错过与诗意等同的水晶，错过与水晶般通透的童年重逢。那天是休息日，特意开放的水晶博物馆，少了熙熙攘攘的人群，腾出承接光彩的足够空间，那些最不起眼的角落，都变得美不胜收。山重重，水重重，水晶一块到龙宫。进到如此龙宫了，才有机会叹服东海水晶如何美上巅峰，妙到毫纤。睹物思之，遥想十万里滔滔海洋深藏地下，十万代炎凉日月翻覆轮回，唯有天地如此合谋，凝聚一滴璀璨的冷清，挤压一方寒凛的温馨，才有可能接近人间的无限晶莹。

　　这世界的人为着这世界创造了太多溢美之词，在太多体现极致之美的语言中，水晶二字无疑是极致中的极致。古人曾用冻玉表达赞美，相比水晶原意，无非多一个雅号，还不能算是出色。我这里因应旧事新闻，想到那些清雅纯粹，那些淡意浓情，高山浅水合为一物，秀岭老潭并成一体。小小水晶，就包罗了山的大千气象、水的无边天色。一如人人，除了我心，有什么可以怀天下！

　　山繁水复，不过是一方水晶的洞察。

　　人心可鉴，天心犹在！

　　东海水晶，正如天心吗？

　　至少这水晶已无限接近你我童心。

　　　　　　　　　二〇一五年十一月十六日于东湖梨园

# 白如胜利

　　一直以为大别山腹地那座属于罗田县的胜利小镇只会是心中的一个忧郁而多思的结。

　　经常地，因为艺术的缘故，一个人面对浮华的城市发呆时，胜利镇的小模小样就不知不觉地从心底升腾起来。要说这么多年来，自己在大别山区里待过的山区小镇少说也有十来座。不管是已作了自己故乡的英山，还是由于一段文学奇遇，而让我念念难忘的山那边安徽省的霍山，我的经历一直与各色小镇连在一起。之所以胜利会在这些小镇中脱颖而出，全在于它给了我一些特别的记忆。前不久，一群城里的朋友说是要去我的老家看看，而我竟毫不犹豫地带领他们去了这样一个在心里做了结的地方。

多年前的一个秋天，我只身一人背着一包空白稿纸，乘上破烂不堪的长途客车，沿着羊肠一样蜿蜒的公路第一次走向这座小镇。飞扬的尘土绝不是好旅伴，可它硬是挤在一大车陌生的当地人当中，与我做了足足半天的伴。好不容易到达目的地，还没放下行李，天就黑下来。在久等也没有电来的黑暗中，住处的一位刚从县城高中毕业出来的男孩，用一双闪闪发亮的眼睛盯着我问，这一来要住多久。我将牛仔包中的稿纸全拿出来，在桌子的左边堆成半尺高，告诉他：等到这些稿纸被我一个个方格地写满字，一页页地全挪到桌子的右边，我才会离开胜利。男孩用手抚摸着那摞得高高的稿纸，嘴里发出一串啧啧声。

那一次，我在胜利一口气待了四十天。小镇给我最深的印象是它那无与伦比的洁白。

这样的洁白，绝不是因为最初那如墨如炭的黑夜，在心情中的反衬；也不是手边那些任由自己挥洒的纸张，对其写意。它是天生的或者说是天赐的。在紧挨着小镇身后的那条百米宽的大河上，静静地铺陈着不可能有杂物的细沙。在山里，这样的细沙滩已经是很宽广了。它能让人的心情像面对大海那样雄壮起来。年年的山水细心地将细沙们一粒粒地洗过，均匀地铺在那座青翠的大山脚下。那色泽，宛若城里来的，在镇上待过一两个月后的少女肤色。又像镇上的少妇，歇了一个冬天，重又嫩起来的身影。一到黄昏，细沙就会闪烁起天然的灵性，极温和地照着依山傍水的古旧房舍，俨然极光一样，将小镇映成了白夜。四十个日子的黄昏，我在这细沙滩上小心翼翼地走过了四十趟。每一次当需要用自己的双脚踏上那片细沙滩，心里就会有种不忍的感觉。就像没有进城前所经历的一些冬季早上，开门出来，面对出其不意地铺在家门口的大雪一样。胜利镇外河滩上的细沙有七分像雪，当它只为我一个人留下脚印时，它的动人之处就不只是抒情了。在后来时常会发生的沉思中，那行细沙为我的行为所铸成的行走之痕，总是那样明白，不仅不可磨灭，甚至还在时光流逝中，显得日渐突出。有这样的沙滩在，哪怕是有电的夜晚，胜利的灯火也无法明亮。

　　直到现在我还在想着自己关于胜利的最大愿望：找一个属于夏天的日子，再去那里，在那细沙滩上安然睡上一夜，将自己的身心完全交付最近的清水，狠狠地享受这无欲的纯洁。

胜利镇有一条从清王朝延存至今的老巷。作为往日的兵家必争之地，最新的幽静，完全替代了再也见不着的由过往仕女乡绅用欢笑编织成的繁华。古巷的一头就是细沙滩。在胜利的时候，我总是在下游的某个地方，顺着细沙滩一路走来，然后踏着河岸上古老的青石板一头钻进古巷。一个人在沙滩上走的时间长了，内心免不了会苍茫惆怅。特别是在黄昏之际，古巷里初上的灯火，仿佛就是那久违的人间温暖。无人的古巷里，脚印落在青石上啪啪作响。听上去，分明就是年轻的父母，用自己的空心巴掌，疼爱地抚摸一样击打着自家婴儿光洁的屁股。这时候，古巷两旁那些镂刻着百年光阴的杉木铺门，已经一块挨一块地合在屋檐下，只留着一道五寸的缝隙。每天，我的脚步声总要惊动一两道这样的门缝。随着那一阵不太响却也显得急促的吱呀声，扩大的门缝后面，就会出现一张充满盼望的少妇的脸。还没到歇冬的时候，少妇们的肌肤里浸透了阳光里所有阴冷的成分。看着陌生的我，她们免不了要在失望之后很快就补上一个微笑。很早就听说，罗田女子善感多情。弥漫在胜利镇古巷中的这些微笑让我不得不相信。一个孤单的男人，永远也无法拒绝这样的微笑。我转过身去，听着近处的木门轻轻地关严了。再回头时，除了心中一片洁白，别的已经全部消散。

再去胜利镇时，汽车一溜烟就到了。小镇的模样大改，曾经住过的小楼，不再是银行，已改作了邮政局。住在小楼里的那个从前的高中毕业生也不知去了哪儿。镇委书记老董带着我们绕着小镇转了半圈。古巷还在，先前的少妇也还在。大家一样地在自己的面孔上多了几个岁月。几个新做的少妇，不时忙碌地出现在我们前头。偶尔她们也会无缘无故地冲着一群从未谋面的外来人笑上一笑，还没等到黄昏日落心思归宿，那笑里就含着几分温柔几分缱绻。在离细沙滩最近的地方，一个刚嫁来的女子冲着老董说，你也来看河呀！老董说，这河又不是专给城里人看的，为什么我就不能看？女子说，我是怕你看花了心。一旁的人插嘴说，老董真要花心，也只会花在胜利。因为是正午，看上去河滩白得如同冬季里铺天盖地的大雪。

我又起了从前的念头，如此无瑕的沙滩，正好能使人的身心轻松地与天地进行一次交融。

上一次离开胜利镇时，我带走了自己的长篇处女作《威风凛凛》。

这一次离开时，我能带走什么呢？洁的胜利！白的胜利！

二〇〇三年十月于东湖梨园

# 灿烂天堂

罗田是很小的地方，在那里，听到最多的话，却是与天堂有关。

特别是刚到的客人，很快就会有人上前来客气地问：去天堂吗？

当你还在犹豫时，又会有人插进来，认真地说，若不去一趟天堂，就是白来了。

换了外地人，谁不会在心里嘀咕：天堂虽好，哪能这样来去自由，随随便便？

不管别人怎么想，罗田人反正是说惯了。他们不在乎别人会想，天堂再好，也不如人间实在。他们还要问，是不是刚从天堂回？天堂好不好玩？天堂好不好看？其实，罗田的天堂不在天上，罗田的天堂只在山上。他们说出来的是天堂般的概念，实际所指的不过是一座山。朋友在胜利镇外看到一幅横挂在公路上空的标语：胜利通向天堂。后来与我谈起时，心里还打着寒噤，他的意思是，这种话不能细想。天堂虽是一种传说，慢慢地就真的成了一种境界。按照传说里的规律，要去那九霄云外的天堂，只有一条路可走，可这条路是正常人和健康人绝对不愿见到的。罗田人所说的天堂，并不需要人用九死来换这特别的一生，也不需要人用心去造七级浮屠。罗田人自己常去，并且极力蛊惑别人去的天堂，其实就是大别山主峰天堂寨。它是两省三县的分界处，也是长江与淮河的分水岭。

围绕这座山生活的人有很多很多。出于风俗，别处人都严格地不将天堂寨叫作天堂。只有罗田这里的人敢这么叫。比较一山之隔的两省三县，罗田的发展最快，日子也过得最好。也许就是由于这一点，他们对天堂一类美好的事物，比别人感受得快一些，深一些。一字之差，透露出来的是两样心境。

天堂应该是好地方。天堂也的确是好地方。

到了天堂才晓得，世上的天堂各不相同。那是因为每个人心里，都有专属的天堂。

通向天堂的路，喜欢沿着大大小小的沙河漂流而行，听任山水流泉洗尽心头尘垢。一群在我的童年中叫作花翅的小鱼，还像我童年见过的那样，在清亮得不忍用手去掬的水汪里，彩云一样飘来飘去。河里的水与天堂那山上的水一脉相连，河里的风与天堂那山上的风一气呵成。还没到天堂，就能闻到天堂气息。小鱼花翅简直就是天堂那山脉上绽开的季节之花，无须去看盘旋在群山之上的苍鹰，也不用去计较奔突在车前车后的小兽，适时的春光早就铺满了盘山而上的二十里草径。大别山里，让人印象最深的是那种只有斯时斯地才会叫它燕子红的花儿。燕子红不开则罢，一开起来整座山就像火一样燃烧起来。在天堂那山上，燕子红燃烧的样子太火了，就连满处沧桑的虬曲古藤，也跟着一片片兴奋地摇曳不止。

清水赏心，花红悦目。安卧在千山万壑中的天堂自然无法脱俗。它将一座名叫薄刀峰的山铺在自己脚下，不肯让人轻而易举地达到心中目的。四周的悬崖绝壁像是在共谋，同着远处的天堂一道，合力将一条小路随手扔在绵延数里的山峰上。曾经见过卖艺者的双脚游戏在街头的刀刃上，明知那刀不会太锋利，也还要为其发几声惊叹。薄刀峰是一把横亘在天堂面前真的利刃，没有经历过它，任何关于它的传闻，都是苍白的。如此高山大岭，是谁将它锻造为天地之间的利器？小心翼翼地将双脚搁上去后，就不敢相信，自己的肌肤依旧完整。步步走来，唯有清空在左右相扶。一滴汗由额头跌落，在白垩纪的青石上摔成两瓣，无论滚向哪边山坡，感觉上都能一泻千里。

度人去往天堂的薄刀峰，无心设下十八道关。每每在刃口走上一段，就会横生妙趣，凸显哲思。

山水自古有情，能读懂它则是一个人的造化与缘分。

我们相信这就是天堂，我们也认为自己来到了天堂。

天堂本来就是心中熟悉的美丽与灿烂，加上必不可少的传奇。

二〇〇三年十月于东湖梨园

# 在记忆中生长的茶

　　人的内心并非总是难以捉摸，越是那种平常琐碎的场合，越是那些胡乱忙碌的行为，越是能将其藏匿得不见踪影的底蕴暴露无遗。譬如喝茶，像我这样固执地喜欢，很容易就会被发现其中已不是习惯，而是某种指向十分明显的习性。

　　在我少年生活过的那片山区，向来就以种茶和在种茶中产生的采茶歌谣而闻名。上学的那些时光里，一到夏季，不管是做了某些正经事，还是百事没做，只是在野外淘气，譬如下河捉小鱼、上树掏鸟窝，只要看到路边摆着供种田人解渴消暑的大茶壶，便会不管三七二十一，捧起来就往嘴里倒，然后在大人们的吆喝声中扬长而去。

往后多少年，只要这样的记忆在心里翻动，立刻就会满嘴生津。年年清明刚过，谷雨还没来，心里就想着新茶。那几个固定送我茶的朋友，如果因故来迟了，我便会打电话过去，半真半假地说一通难听的话。到底是朋友，新茶送来了不说，还故意多给一些，说是存放期间的利息。

因为只喝从小喝惯了的茶，又因为有这样一些朋友，使得我从来不用逛茶市。外地的茶，从书上读到一些，有亲身体会的，最早是在武夷山，之后在泉州，然后是杭州西湖和洞庭湖边的君山等地，那些鼎鼎大名的茶从来没有使我生出格外的兴趣，只要产茶的季节来了，唯一的怀念，仍旧是一直在记忆中生长的那些茶树所结出来的茶香。

九月底，《青年文学》编辑部拉上一帮人到滇西北的深山老林中采风。带着两裤腿的泥泞，好不容易回到昆明，当地的两位作家朋友闻讯赶来，接风洗尘等客套话一个字也没说，开口就要带我们去喝普洱茶。汽车穿越大半昆明城，停在一处毫不起眼的大院里。时间已是晚十点，春城的这一部分，像是早早入了梦乡，看上去如同仓库的一扇扇大门闭得紧紧的。朋友显然是常来，深深的黑暗一点也挡不住，三弯两拐就带着我们爬上那唯一还亮着"六大茶山"霓虹灯光的二层楼上。

与别处不一样，坐下来好一阵了，还没有嗅到一丝茶香。女主人亲自把盏，边沏茶边说，她这里是不对外营业的，来喝茶的都是朋友，万一有人意外跑来，她也一样当朋友待。女主人将几样茶具颠来倒去，听得见细流声声，也看得见眼前所摆放的那些据称价值连城的茶砖，熟悉的茶香却迟迟不来。这一趟天天十个小时以上的车程，又都是那别处早就消失了的乡村公路，确实太累了，小到不够一口的茶杯，不知不觉中已被我们连饮了十数杯。女主人很少说话，倒是我们话多，都是一些与普洱茶无关的事。女主人不时地浅浅一笑，那也是当地朋友对她的介绍引起的。不知什么时候，心里一愣，脱口就是一句：这普洱茶真好！话音未落，寻而不得的茶香就从心里冒了出来。

到这时女主人才露些真容，细声细气地说，不喝生茶，就不知道熟茶有多好；又说，刚才喝的是当年制成的生茶，而正在泡的是放了二十三年的熟茶。不紧不慢之间，一杯熟茶泡好了，端起来从唇舌间逐一流过，真如惊艳，仿佛心中有股瑞气升腾。这感觉在思前想后中反复萦绕，不知不觉地就有一种悲天悯人的温馨念头生出来，在当时我就认定，普洱茶就像成就它的乡土云南的女主人，是冷艳，是沉香，是冰蓝，是暖雪。女主人继续温软地说，天下之茶，只有普洱可以存放，时间越长越珍贵。昆明地处高原，水的沸点低，在低海拔地区，水烧得开一些，泡出来的普洱茶味道会更好。听说由温差所致，普洱茶在酷热的南方存放一年，相当于在昆明存放五年。我便开玩笑，将她的茶买些回去，五年后，不按五五二十五年算，只当作十五年的普洱茶，由她回购。一阵大笑过后，普洱茶的滋味更加诱人。

满室依然只有高原清风滋味，那些在别处总是绕梁三日熏透窗棂的茶香，一丝不漏地尽入心脾。从舌尖开始，快意地弥漫到全身的清甜，竟在那一刻升华出我母亲的模样。有很多年，母亲一直在乡村供销社里当售货员。一到夏天，她就会频繁地操着一杆大秤，将许许多多的老茶叶片子收购了，装进巨大的竹篓里，还为它们编上"黄大茶一级"或者"黄大茶二级"等名称。每当竹篓层层叠叠地码上供销社的屋顶时，就有卡车前来拖走它们。那些巨型竹篓上的调运牌，所标志老茶叶片子的最终目的地，就曾包括过云南。只是那时的我们实在难以相信，这种连牛都不愿啃一口的东西，也会被人泡茶喝。一杯普洱，让我明白只要怀着深情善待，那些被烈日活活晒干的老茶叶片子也能登峰造极。

　　为茶的一旦叫了普洱，便重现其出自乡村的那份深奥。对比茶中贡芽，称普洱为老迈都没资格；对比茶中龙井，称普洱太粗鲁都是夸耀；对比茶中白毫，普洱看上去比离离荒原还要沧桑；对比茶中玉绿，普洱分明是那岁岁枯荣中的泥泞残雪。所有的所有，一切的一切，种种宛如真理的大错铸成，都是没有经历那醍醐灌顶般深深一饮。乡村无意，普洱无心，怪不得它们将性情放置在云遮雾掩之后！世代更替，江山位移，以普洱为名之茶，正如以乡村为名之人间，是那情感化石、道德化石、人文化石。还可以是仍在世上行走之人的灵魂见证：为人一生，终极价值不是拥有多少美玉，而应该是是否发现过像普洱茶一样的璞玉。

● 黄河边碛口镇，北至俄罗斯的茶马古道上的重镇

看看夜深了，有人撑不住先撤了。留下来的几位，号称是茶中半仙，都说一定要喝到女主人所说，普洱茶要泡到五十泡才是最好的境界。作为过客的我们，终于没坚持到底，在四十几泡时，大家一致地表示了告辞，将那也许是梦幻一般的最高境界留给了真的梦幻。

因为有送我茶的朋友，这辈子我极少花钱买茶。那天晚上一边把着茶盏，一边就想买些普洱茶，只是有些额外担心，怕人家误以为是在暗示什么，才没有开口。离开昆明之前，我终于忍不住在机场商店里选了一堆普洱茶。虽然最终是同行的李师东抢着付了款，仍然可以看作是我这辈子头一次买了自己所喜爱的茶叶。

请我们去喝茶的朋友们再三说，在云南当干部，如果不懂普洱茶，大家就会觉得其没有文化。即便是省里最高级别的领导在一起开会，最先的程序也是拿出各自珍藏的普洱茶，十几个人，十几样茶，都尝一尝，当场评论出谁高谁低。不比升职或贬谪，评得低了的，下一次重新再来就是。普洱茶好就好在普天之下从没有两块滋味相同的。一如人一生中经历过的情爱，看上去都是男女倾心，个中滋味的千差万别，大如沧海桑田，小似一棵树上的两片叶子。

　　用不着追忆太久，稍早几年，普洱茶还是平常人家的平常饮品。也用不着抽丝剥茧寻找乡土之根，那些远在天边近在眼前的所在，本来就是普洱茶的命定。更用不着去梦想命定中的乡土，能像它所哺育的这一种，忽如一夜春风，便能洗尽了其间尘埃。那天晚上，我和李师东相约都不刷牙，好让普洱茶的津香穿越梦乡，一缕缕地到达第二天的黎明。我因故早就不喝酒了，却偏偏要将普洱茶饮成一场久违的乡村宿醉。

　　　　　　　　　　　　二〇〇五年九月五日于东湖梨园

# 让钢铁拐个弯

赣南是我如今常常要去，并且常常在心里牵挂的命定之地。

第一次去，却是五年前的春节。那是我头一回陪妻子回娘家。年关时节，火车上人很多，就连软卧车厢也没法安静下来。火车在赣州前面的一个小站停了几分钟。我们抱着只有十个月的小女儿，迎着很深的夜，就这样几乎什么也看不见地踏上了总是让我感到神秘的红土地。到家后的第一个早晨，那座名叫安远的小城，就让我惊讶不已。包括将一汪清水笔直流到香港的三百山，和小城中奇怪地起名天灯下的古朴小街。我是真的没想到赣南的山水如此美妙，第一次行走在她的脊背上，天上下了雨，

●赣南安远县苏维埃旧址

也落了雪，浓雾散过之后，冬日暖阳更是习习而来。从安远回武汉，那段路是白天里走的。山水随人意，美景出心情，这样的话是不错。回到湖北境内，将沿途所见一比较，就明白对什么都爱挑剔的香港人，为何如此钟情发源于赣南的东江秀水。

我是在大别山区长大的，二十世纪二三十年代，鄂东和赣南两地有着非常特殊的渊源。在安远的那几天，妻兄不止一次地对我说起，此地从前也是苏区。那一天，他带我去看毛泽东著作中屡次提及的"土围子"——当地人称为围屋的建筑奇观。汽车先在一处苍凉的废墟前停下来。妻兄说，从前，这里是一处围屋，赣南一带最早闹革命时，里面曾经驻扎着一支工农红军的部队，号称一个营，其实也就一百多号人。那一年，他们被战场上的对手围困住了。对手虽然强大，却屡攻不下。对峙了一个月后，一架飞机从天际飞来，将一颗颗重磅炸弹扔在做了红军堡垒的围屋之上。曾经坚不可摧的围屋被炸成了一堆瓦砾，围屋内红色士兵的血肉之躯，没有一具是完整的。历史上的围屋有的毁于一旦，有的仍旧生机盎然。当我站在另一座名为东生围的真正的围屋中间，庞大的古老建筑，超过一千人众的鲜活居民，还有围墙上那一只只被迫击炮弹炸得至今清晰可辨的巨大凹陷，心里情不自禁地想象，曾经有过的残酷搏杀是如何发生的。

我们这一代人是在革命文化中泡大的。从能识字起，就抱着那一卷接一卷仿佛总也出版不完的革命斗争回忆录《红旗飘飘》看。"围剿"与反"围剿"、遵义会议与四渡赤水、爬雪山与过草地等词语，以及《十送红军》与《长征组歌》等凄婉壮美的歌曲，自然而然地成了文化修养的一部分。在时代快车面前，历史真相往往擦肩而过却很难为搭乘者所知。如果仅仅是一次接一次的探亲之旅，老岳父退休之后所种植的丰饶的柑橘园，同无数相同的青翠一道，多半会将红土地上的壮烈定格成用勤劳换得的甘美。

二〇〇五年五月十三日，在南昌与中国作家重访长征路采风团的同行一起，同江西省委负责同志座谈时，大部分话题尚在赣南柑橘味之美已经成为世界第一上。第二天午后，车到瑞金，在扑面而来的遗址遗迹面前，脑子突然冒出小时候读过的一篇文章《三五年是多久》，并惊讶于它在心里深藏了这么多年，居然一点也不曾丢失。当年红军仓促离开瑞金时，一位老大娘拉着红军战士的手，问何时能够回还。红军战士说三五年。老人等了三年不见亲人回，等了五年还不见亲人面，她以为三加五等于八年，可是还不行，等到当年的红军战士真的回来时，她一算：原来是三五一十五年。

隔一天，到了兴国县，才晓得还有比老人的等待更让人为之动容的。一位当年刚刚做新娘的女子，自红军长征后，多少年来，每天都要对着镜子将自己打扮得整整齐齐，然后去那送别丈夫的地方，等候爱人的归来。这位永远的新娘，从来就不相信那份表示丈夫已经牺牲的烈士证明书。她只记得分别的那个晚上，那个男人再三叮嘱，让她等着，自己一定会回来陪她过世上最幸福的日子。我们到兴国县前不久，一直等到九十四岁的新娘，终于等不及了，她将生命换成另一种方式，开始满世界地寻找去了。

这样的等待让人落泪，还有一种等待则让人泣血。在兴国县一座规模宏大的纪念馆里，挂满了元帅和将军的照片与画像。在将星闪耀的光芒下，讲解员特地告诉我们，新中国成立后，一位将军以为革命成功了，家乡人肯定过上好日子了。将军高高兴兴地回到家乡，发现当地仍旧那样贫穷，便流着泪发出誓言，家乡不富不回来。

这些事，在过去都曾有过书面阅读。站在赣南的红土地上，我才感受到这一切原来如此真实。就像后来到了贵州的铜仁地区，几十年后的今天，那里的生活还是如此艰苦，不时能见到公路旁竖立着国务院所认定的贫困县的石碑；那里的道路还是如此险峻，虽然乘上了汽车，走完每天的行程一个个还是累得腰酸背痛。遥想当年，那种困苦更是何等了得！

　　私下里我问过一位兴国人，那位非要等到家乡富了再回来的将军后来如何，对方只是轻轻地一摇头，随后一转话题，告诉我另一个故事。二十世纪八十年代，国务院派的一个调查组来到某地，村干部为他们做了三菜一汤，三个菜做熟了，剩下一个汤因为没有柴禾了而烧不开水。无奈之下，村干部只好将自己所戴的斗笠摘下来，扔进灶里当柴禾烧了。因此我便猜测，那位为家乡人过好日子忧心如焚的将军，后半生将过得比当年的长征还艰难，因为，在他心里除了作为执政党的一员，所必须继续坚持的党性长征之外，还有作为普通人的人性长征。感恩对一个人来说是一种道德，一个历经数不清的艰难困苦才从受压迫地位上获得新生的政治组织，对执政基础的感恩，不仅会被理解为良好的道德，更是确保自身能够源源不断地获取新的政治资源的唯一途径。如此，就不难理解，穿行在赣南红土地上的京九铁路，为何将科学常识抛在一边，而在被血与火浇浴和焚烧过的高山大壑中曲折前行。这些感动了历史的人民，有足够的力量让钢铁拐个弯。

　　那一天，在瑞金，顺路参观了当地规模最大的一处柑橘园。绿得有些忧郁的棵棵树上，结满了指头大小的青果。有人问我，老岳父的果园有没有这般大。当然这话是戏谑，同许多赣南人的选择差不多，老岳父的果园只有二十亩。从一开始，当地政府就制定了十足的优惠政策，任何一片柑橘园，从下种到收获，决不收一分钱的税费。老岳父多次笑眯眯地说过，三五年过后就好了！老岳父所说不是三五一十五年，也不是三加五等于八年，不出三年，或者五年，那时，每年就能从这片果园里收益一万几千元钱。老岳父的柑橘园种得较早，如今已有了他所预期的收益。在他之后大大小小的柑橘园的兴起，宛如当年闹苏维埃一样火热。只要与那些在新开垦土地上培育柑橘幼苗的人聊起来，一个个都会充满期冀地说着相同的话：过三五年就好了。果真这样，那位将军若是健在，一定会毅然还乡，与祖祖辈辈都在贫苦中挣扎的赣南人一起开怀大笑。长征精神是伟大的，更应该是生机勃勃的。离开瑞金之前，当年的红军总参谋部门前，几个当地的男人正在一棵参天古树下面忙碌着，看样子是在为盖新房预备桁条。有人拿着弯弯的镰刀在刨那树皮；有人挥动斧头，按照黑线将

刨过皮的树进行斧正。见到的人莫不会心一笑,这是意味,
也是象征。

　　当年那位老奶奶所惦记的三五年,那份盼归的心情
背后,是盼望那些庄重的允诺。即使她真的只怀着朴实的
思念情怀,那也应该使得领受这份情感的人,更加牢记那
曾经的千金一诺。

　　　　　　　　　　　　二〇〇五年六月二十六日于东湖梨园

# 万是千非朱砂红

一得永得，辰锦朱砂如墨黑。

这话出自佛门。也只有在佛门中待得够久，才会将万是千非归如一一。

因为似锦，才有秋日里，最高枝头上，最香艳、最浓密的繁花被称为朱砂桂。还有那所有旧季节的残花全开过了，新年头的春蕾还没有苏醒，唯一独占寒枝霜雪之花，被赞叹为骨里红还不够，还要再进一步，美其名曰朱砂梅。甚至大半个中国和大半个亚洲都有生长的普通灌木，由于结出一串一串、一团一团与众不同的紫金般的果实，而叫作朱砂根。

而额外之外、心动之动的更是欧阳修情意有所属，朱砂玉版人未知，那叫朱砂红的。

　　欧阳修必是见过朱砂红，因为他也是书生出身。那位同在洛阳的穷困潦倒的书生，赶上大比之年，半文钱也没有，还想什么赴汴京应考？书生一发愁，就要借酒浇一浇，那连酒也喝不起的，只有看花解闷。没有酒喝的书生，在去崇德寺看花解闷之际，于无限春光里，由翻飞彩蝶中，遇上一位面如桃、眉如柳，百分之百会心的红衣女子朱砂，说是相助以小资，实则包裹了五十两白银作盘缠。从洛阳到汴京三五六七天，路程很顺，应试过程更顺，只是结局不顺，分明是第一名的状元，却被奸佞使坏，弄得榜上无名。九死一生之后，神情恍惚的书生竟然误入奸佞的后花园，分明是将错就错，却弄得像是将计就计，顺手救出被奸佞抢来此地的朱砂姑娘。连夜逃回洛阳的才子佳人，命中注定只能过上一百天好日子。重病在身的朱砂姑娘，直到最后一刻才吐露，自己本是崇德寺附近张四家园子里排位第七的牡丹，名叫朱砂红。朱砂姑娘消失后，书生拿着她留下的二百两银子，将张四家园子买了下来，不再读圣贤书、涉名利场，一心当个花匠，细心照料排在第七位的朱砂红。

其实，这故事的前半部分是很俗气的，真正好到能动人的是后半部。本可以成为状元的书生，为了一株只排在第七位的牡丹，心甘情愿地做了一辈子花匠。后来欧阳修说，洛阳牡丹他过去记得数十种，后来差不多都忘记了。朱砂红不仅在他记得的名目中，还是其文章中提及最多的。欧阳修能够记住朱砂红，会不会与朱砂姑娘表明自己是那第七位的牡丹暗暗相关呢？

世间之物，黄金、白银、宝石、琥珀、珍珠、沉香等都位列前端，以俗世之念相比较，大约朱砂也只能排第七。真正可爱，实在可人，往往不是最美的，当然也不是不美的，最美的东西往往无瑕，就像水至清则无鱼，人至察则无徒，爱得太深往往痛得最厉害，笑得最响亮的人有可能是失意者。在数十种牡丹花中，第七这个位置更加亲和。那排第一的，往往名花有主，由不得自己，不可以清风一样自由自在地与人会心偶遇、快意相逢。

传说不等于胡说，将朱砂红排在牡丹园众花第七的位置上，无论怎么想象，都觉得是最好的选择。我到贵州次数不少，估计也是在第七次时，才注意到朱砂古镇的。早前到贵州，不需要任何其他原因，下意识地就会将茅台镇、黄果树瀑布、赤水河、遵义红楼、千户苗寨、威宁草海放在优先要去的名单前列。二〇〇五年春天那一次，都已经到铜仁了，也曾听说此地有座朱砂古镇。还是由于边地珍宝太多，向来极不善饮的自己，就被三杯两盏下去额下眉头便汗水津津的茅台美物所折服，顾不上欣赏其他而错过。相隔十三年，第二次到铜仁，有机会深入到朱砂古镇，恰好是第七次到贵州，免去了豪饮，只把目光轻轻一移，脚步率性一挪，哪怕有雨有雾，内心上下也美不胜收。

在梵净山的深处，因为出产朱砂最多而以汞都著名的古镇，几朵白云，几团浓雾，就可以一点痕迹不露，遮蔽得很彻底。在孩提时节，朱砂曾经是一种小小的恐惧，那时候的日光灯管，不可以随便弄破，万一不小心弄破了，就得赶紧逃得远远的。因为老师说过，日光灯管里的水银蒸气有剧毒，闻一鼻子就会死人；而在普通人的语境中，朱砂、汞和水银，是同一物质不同形态下的不同说法。现在，朱砂于我最大的用途是钤印，在用毛笔书写相对重要的作品时点睛。所谓朱批，是那无上皇帝干的活。从初唐第一位科举状元开始，到光绪年间最后一位状元，千年以来，这样的朱砂红，先后点批五百零四位状元。其中就有开元年间唐玄宗御手朱批，后来成为山水诗歌鼻祖的王维；宝祐四年，宋理宗朱笔钦点，史称状元中的状元的文天祥。

仅以帝王朱批为例，不用说将朱砂红排在第七位的牡丹，如果牡丹有一百种或一千种，将其排列第七十位或第七百位，只要不改芳名，朱砂红还是会被欧阳修牢记在心。本以为自己必中状元，仁宗皇帝却只给个第十四名，位列二甲进士及第。都已经触碰到额头的朱批，从眼前一滑而过，落在别人的名下，这样的朱砂红哪能不刻骨铭心！这就难怪原矿朱砂晶体被称为砂宝。毫无规律自由散漫地生长在水晶石中的砂宝，与水晶石红白相映，外形如箭镞，别号箭头砂，藏在地下时，悄然听去会有母鸡孵蛋那样的响响之声。一旦有谁稍不小心，惊跑了砂宝，就再也找不着。欧阳修太想有朱砂红批钦点在自己名字上，不可避免的那些动静，自然也会惊动砂宝！那洛阳城中有可能成为状元的书生，到头来只做了花匠，终日陪着位列第七的牡丹，简直就是醉翁亭与欧阳修的另一种写意。就朱砂红的全部意蕴来看，第七和第十四，得到的，才是那曾经失去的。

有缘怪石，三生求证；无种奇花，四季常开。

雨雾团团的朱砂古镇上，潮润的青石，踏得轻轻一响的是朱砂的传说，踩着沉沉一晃的是传说的朱砂。错走几步，到了不该到的小街尽头，不是抬头见不到顶的断壁，就是低头看不到底的悬崖。不知是从前的哪个去处，住着一位有名有姓的修炼者，有道人手提一双草鞋上门来卖，索价黄金五两。他都将黄金拿出来了，却被妻子吆喝着骂了回去。这边刚刚无奈反悔，那边道人将草鞋往空中一扔，化为一对仙鹤冲天而去。还有古镇南门的某和尚，貌似疯癫，有一天竟然挑着粪水，沿街泼洒，惹得街坊四邻手拿家伙到处驱赶。到夜里，不知起了什么邪火，风狂焰烈，见房烧房、遇屋毁屋，唯独和尚用粪水泼过的地方，一根茅草、一片窗纸也没有损失。在和尚道人之外，还有一位以蒙鼓为业的鼓匠。有好友患伤寒久治不愈，鼓匠让他解衣露背，盘膝而坐，也不做什么，就这么待了一会儿，好友忽觉背心有热气升腾，慢慢弥散到四肢，出了一身汗，便万事大吉。前人修志编书，不会以讹传讹毫无根据。经过一代接一代学人增删，还能保留下来的，总有其不朽道理。流传在朱砂古镇上许多人事，作为志书印行，看看总是可以的。说一千，道一万，奇与不奇，怪与不怪，都会说明，这些事，这些人，全是爱好朱砂及朱砂爱好者！至于是照搬升腾幻化之术，定时定量服用朱砂；还是学那洛阳书生偶遇，与砂宝有了三生三世关联，没有说清楚，是由于百分之百说不清楚。那些欲寻灵根，以求长生不死的，到头来，哪个不是凡胎来，凡胎去。不如就这样，留几则茶余饭后的故事，不是说生，也不是说死。生生死死都是天地所赐，有什么好说的？好说的，也说得好的，唯有朱砂如何成为砂宝，又如何升华为朱砂红。

比雨丝雨雾还要多的，不是传说在流传，不是故事在说事，是那古镇上上下下遍地生长，分门别类载入地方典籍中的谷、蔬、果、瓜、木、竹、花、药、毛、羽、鳞、介、虫、货。说谷时，包括了黏、糯、粱、豆、麦、麻、荞、谷、稗等几乎所有主次食物。蔬、果、瓜、木、竹、花、药各类，也容易一样样地分清楚。毛指虎豹熊马牛羊等走兽，羽为鸡鸭鹅燕雀鹰等禽鸟，称鳞的非鱼即蛇，叫介的全都身背甲壳，其余能飞的蛾蝶、能走的蚕蚁、能跳的螳螂、能游的蚂蟥，都归到虫类。最后的货，除了天然出产的金银铜铁锡，还有初级制成的油麻葛绵纸烟茶盐蜜蜡蓝靛等。

如此富饶，如此丰硕，是该用文字记载下来。

同样用文字记载的，还有令人心疼心悸的内容。

有学者著文研究，从明清一直到新中国成立之初，贵州汞矿的冶炼一直采用土灶，回收率仅为百分之五十至百分之六十，这意味着有百分之四十至百分之五十的汞呈蒸气状进入空气中，汞蒸气浓度超过标准的四百六十倍，废气排放到大气中会对空气造成污染，通过呼吸系统进入人体，又影响人们的健康。一部分空气中的气态汞又通过沉降落到地面或水体中，直接导致水土的污染。同时，炼汞过程中形成的废水排放到河流中，直接对河流造成污染，水生物受到影响，甚至灭绝，这些废水若流入周边的农田，又直接导致土壤污染，对农作物产生严重不良影响。

据下辖朱砂古镇的万山一带的村民反映，受汞污染严重的田地里种出来的大米呈黑色，村民根本不敢自己吃，一般是多洗几次用来喂猪。可见，明清以来随着万山汞业生产规模的不断扩大，万山及其周边地区的环境污染也日益严重，甚至影响到当地人的身体健康。虽然由于明清时期医疗技术有限、医疗水平低下，缺乏当时汞中毒的相关资料，但从现今万山汞矿退休人员患有各种疾病的大量事例看，完全可以推断明清时期由于汞业生产对水、土、空气造成了严重污染，应该也使许多从事汞业生产以及居住在汞矿周边的人的身体健康受到巨大伤害。如今万山地区的汞污染相当严重，就是明清以来汞业生产长期发展的结果。

又据《万山特区志》中一九八七年六月十六日的"万山特区人民政府（87）29 号文件"载：万山汞矿采冶区汞含量超过国家规定标准，水的汞含量最低超过国家规定标准六点四倍，最高超过二十六倍；大气层汞含量最低超过国家允许浓度的六点四倍，最高超过二十六倍；土壤汞含量最低超过国家要求的四倍，最高超过四十五倍；鱼体汞含量最低超过国家规定标准的三十倍，最高超过一百一十一倍；米（成品粮）汞含量最低超过国家规定标准五倍，最高超过九倍。在同年二至六月，贵州汞矿对矿工体检，发现汞中毒二百七十四人，汞吸收二百三十八人，慢性轻度汞中毒四十二人，慢性中度汞中毒四人，慢性重度汞中毒二人。

有时候，我们不得不苦恼而由衷地说，资源枯竭对人来说是一件幸事。如果不是二十世纪八十年代后期开始出现的资源枯竭，朱砂古镇绝对不会出现当下的另一种繁华美景。枯竭通常会被当成是某种同样来自天地间的惩罚。即便朱砂能再珍贵十倍百倍，也摆脱不了固有的负面因素。过往事实表明，那顶被武则天赐以光明砂之称的桂冠，哪怕戴了一千三百年，该来的疾苦病痛，还是一样不少地如期而至。

有时候，我们会想也不想地脱口而出，说某个人怎么像是吃了朱砂。那样说时，面前的对象一定情绪严重失控到了某种癫狂程度。话是这么说，人吃了朱砂后的样子我还真的没有见过。不比我们的长辈，他们是见过的。比如二十世纪前半叶颇为流行的帮派会众，一旦起事，十冬腊月里都会光着膀子，拿着大刀与标枪，口称刀枪不入地冒死前行。长辈们见过那些人捧着大碗海吃海喝，那大碗里装着的，不是一般的东西，而是赫赫有名的朱砂酒。按长辈这类说法，朱砂酒无疑有使人空前亢奋的功能。我们亲眼见到的却是另一番景象。上小学时，算术老师的女儿患癫痫，某次发作时，突然口吐白沫倒在地上，围观的人几乎都在嚷嚷，让人快去弄点朱砂化水喂下去。这两件事情，当时没觉得有哪里不对，后来，相关知识积累得多了，想法也多了：同样一种物质，如何既能使人亢奋，又可以令人镇静？

回到开头那话，朱砂夺锦，不等于一得永得，谁能料到后来是否会有墨黑一样际遇？

朱砂甚好，好到连牡丹也要跟着附庸风雅地起个别名，称为朱砂红。

在洛阳书生与朱砂红的缘分里，一方得到另一方的资助而达到与头名状元只差一点朱砂、一笔朱批的境界，最终结局是受资助的一方回到起点，由赏花人变为养花人，同捐资的另一方天人合一了。朱砂古镇几乎就是此番传奇的另一种书写。民间口口相传，从秦汉起，当地就在开采朱砂，正式记入历史档案的是从武则天当朝的垂拱二年，也就是公元六八六年："锦州土贡光明砂。"当时朱砂镇属锦州管辖。能够称为光明砂的朱砂，纯度达到百分之九十至百分之九十八。千百年来，人们用尽办法，哪怕采不到古镇一带悬崖上最佳的箭镞朱砂，也还可以通过普通的矿井开采略差一些的颗粒朱砂，甚至在各处沙土中，用风播，用水淘，以期得到最初级的朱砂粉末。这些长期得不到节制的过度开采，曾经带来千百年的财富。千百年后，因了前人的索取无度，后来者不得不通过财富的反哺，名义上是再造一个朱砂古镇，实际上是将本来就该如此的真实古镇归还给朱砂，将朱砂一样的美艳归还给古镇。

唐皇用朱笔点批的杭州府第一位状元施肩吾说，丹砂画顽石，黄金横一尺。宋时范成大有言，洛花肉红姿，蜀笔丹砂染。苏东坡也有诗云，丹砂秾点柳枝唇，尊前还有个中人。诸如此类，那些写朱砂最好的诗句，全部出自开采朱砂不久的唐宋时期："齿犀微露朱砂唇，手莫缓转青葱指。""丹砂保重开清境，白发相宜倚翠岩。""白石煮多熏屋黑，丹砂埋久染泉红。""画堂深处伴妖娆，绛纱笼里丹砂赤。""觅得丹砂能寄否，溪亭送客鬓毛衰。""换骨丹砂应几转，吾生结得此缘不。"天下万物出产，能够成为诗词常用常新的元素，理所当然是极品。有这样的境界，满天的朱砂红就已经是诗意顶峰了。也只有这样的顶峰，才是绵绵不绝、永不枯竭的资源。一旦滥用了，不在乎源远流长，就会应了当年白居易叹息过的，朱砂贱如土。

二〇一八年十一月二十日于斯泰苑

# 滋　润

生活在南方，对湿润有着别样的感情。

记得第三次去北京，是参加《青年文学》召开的"中篇小说《村支书》《凤凰琴》研讨会"。时值一九九二年夏天，在中青社的地下室招待所住了一晚，早起后，朋友发现我的左眼忽然变得通红。急忙去医务室看，一位女医生随便瞅了一眼，便问，你是南方人吧？听我做了肯定回答后，她斩钉截铁地说，没事，是不适应北方的干燥，眼球表面的毛细血管破裂，过几天就会吸收干净的。一九九三年第二期《青年文学》的封面人物登了其时我的照片，知道的人，还能看出我眼睛中的异样。在北京待了几天，女医生所说的吸收，在我回到武汉以后，才真正出现。自那以后，我也拥有了许多人不喜欢北方的理由——太干燥！

所以，我就没有理由不喜欢南方的湿润。正如眼下，长江中下游两岸绵绵不绝的梅雨时节，无论是在家里，还是在办公室，没事时宁可站着，只要不坐在椅子上，就是一种幸福。可我仍然不会埋怨，并且由衷相信，湿润是南方人生的一种根本。

去年十一月，我去西北某地时，突然接到朋友的邀请，从干涸到十几个人共一盆水洗洗的黄土坡上的窑洞，直接飞到宁波。这是我第一次来到这座城市，由于是深夜到达，直到第二天早起，才产生对她的第一感觉。怎么说哩，当然是很好。不是虚情假意，也非虚与委蛇。想一想，一个人在干旱得习以为常的地方，最渴望什么？当然是水。而一个在长江边玩水长大的人，去到那种干旱得对水都麻木了的地方，自然更加怀念天设地造的江河湖泊了。

偏偏宁波懂了一个对水不舍者之心，在我抵达宁波的第一个早上，就下了一场不大不小的好雨。

那一天，只要在户外，自己就坚持不使用任何雨具，并说，自己是从西北来的，那里的人将打伞当成一种罪过。

宁波的雨，竟然如此深得我心。人在室内时，她便下得激越而豪迈。一旦发现我们走到门口，那雨马上变得温婉而抒情，细细密密地从空气中弥漫下来，比打湿脸庞多一点，比浇透衣服少一点，让人实实在在地放心地走在雨中。

说来很怪，这么多年，一直没有机会来宁波，自来过一次后，不算因故没有成行的那几次，仅成行的，半年之内竟然来宁波三次。

第二次从武汉自驾来宁波。时值四月，沿途没有不是艳阳高照的。一到宁波，天就下起雨来。待我离开宁波，出城区不远，那雨就消失了。所以，第三次来宁波时，心里已经不可能有其他假设了。从武汉开出的动车到上海后，不出站依然是动车转到宁波。七小时的动车车程，我一直在入神地看一位藏族肢残写作者的长篇小说打印稿。但有放下书稿，朝着车窗外若有所思时，一定会在心里重复地问：宁波会再下雨吗？

宁波后来用我所喜欢的湿润回答说，会，一定会下雨。

　　事实上，在我前往的路上，宁波正下着一场少有的豪雨，只是当我们走近时，那雨才变得温情脉脉。对于外来者，走马观花是其永无休止的真理。第一次来宁波，只与仿王羲之《兰亭集序》中所书的"此地有崇山峻岭茂林修竹，又有清流激湍，映带左右"的诗意而建造，是为浙东现存古代雕刻艺术最集中、最精致，内容最丰富的建筑之一的林宅，有一些接触。第二次来宁波，也只看了两个地方，除了少有人去却有国内最早全木榫穹窿顶结构的保国寺，再就是赫赫有名的天一阁了。坦率地说，第三次来宁波，所了解的是比天一阁的存在更让人为之心动的另一种事实，二〇一〇年十一月二日的《宁波日报》说：据不完全统计，全市现有各类博物馆、纪念馆、陈列馆八十四家，其中公办七十一家，民办十三家；由文化文物系统归口管理的博物馆、纪念馆、陈列馆三十一家；国家三级以上博物馆十家；向社会免费开放六十六家。让人觉得惊讶，同时又更觉得欣慰的是，文章所说的十三家民办博物馆，馆舍总面积有四万四千八百余平方米，藏品总数已逾一万九千六百件。这样的事实如何不让人心动！如何不使人觉得，这是一场无声细雨在湿润这座城市！

在宁波的最后一天下午，去阿育王寺，瞻望佛顶骨舍利。

一行人一边排着队，一边听管事的僧人细说瞻望之要领与心得。说是，自从佛顶骨舍利供人瞻望以来，无数得到佛祖引领的人，所看到的景象，再没有任何重复的，人所各异，异所各人。终于轮到我们一行，并终于轮到我自己，诚惶诚恐地上得前去，尽可能地贴着阿育王塔的小小飞檐，放飞自己的视野。或许只有十秒钟，这样短的时间，想要看清一种影像该是何等的不易，更何况是在金玉辉煌的背景之中。所以，我只能说从中看到了自己的一种感觉。至于是什么，则不敢轻易地说定。

从寺庙里出来，上了车，迷迷糊糊中像是又遇到一片雨雾。

睁开眼睛的那一刻，心里突然冒出一个词：滋润！

是这样的，在阿育王寺内的阿育王塔中，我所看到的正是那种，将人的渴望还给人、让人的渴求满足人的滋润。

正如宁波的雨，可以轻浥心尘，却不会寒侵筋骨。


二〇一二年七月一日于东湖梨园

# 蒿草青未央

　　一棵荒草用细细的根须抵达千年的史实，一行黄叶用小小的叶面采集千年的荣光，一瓣野花用嫩嫩的心蕊扰动千年的芬芳。

　　这就是长安城，荣华末路唯有荒草。

　　这就是未央宫，历史过后尽是浮尘！

　　千百年前，这里曾是龙首山。

　　千百年后，这里又是龙首山。

　　岁月之间，肯定有过那座方方正正、四面筑围墙的未央宫；也肯定有过东西长约二千一百五十米、南北宽近二千二百五十米，面积差不多五平方公里，内有四十多座建筑的未央宫。同样宫城之内，肯定有过居全宫正中，台基南北长约三百五十米，东西宽约二百米，最高处达十五米的前殿。这一刻，脚下的所有和全部，又都回复成平常人也能察觉风水极好的龙首山模样。并且，当地人还不肯将其称作山，只管与黄土叠叠的汉中大地一样，笼统地叫作塬。

站在这样的山上或者说是塬上，秋天刚刚来到，花儿们连忙开谢了，叶子们却不着急染上红黄。满眼之中的绿自然不那么理直气壮了，一阵风吹来，甚至是一片阳光刮来，就会显出深处里已经在弥漫的枯瘦。

这情景，正如楚地民谣所唱"风吹麻叶一片白"，下一句唱词是"葫芦开花假的多"。从楚地一路攻城略地，率先攻陷长安城的刘邦，果然依着"怀王之约"抢得"秦王"位置而号令诸侯，中华天下岂不是将要跟着被称为说"秦语"的"秦人"与"秦族"？好在西楚霸王倚天怒吼，顷刻间山河倒置沧海横流。面对英雄愤怒，刘邦只得领了"汉王"衔，一时憋屈的无奈，竟然成就了千年万代的"汉人""汉语"与"汉族"。咄寸信尺，小枉大直，若非善忍，哪得长安？一棵葫芦藤蔓铺天盖地开花，到头来只结得几只瓜果，那些结不了果的花儿，鲜也鲜过，艳也艳过，也招过蜂，也惹过蝶，最终还是逃不脱作假的命。历史高高在上，在现实的眼光里，如同上面青黛、下面粉白的麻叶，有风吹与无风吹，景致大不相同。

分得清的是前世，分不清的是重生。荒草再猛怎么生长千百代？一丛丛狗尾草偏偏要光鲜地摇滚，宛如未央宫内六大殿中的大汉重臣。芳菲再浓如何弥漫万万岁？一片片瘦芭茅在炫耀地飘扬，好比未央宫外十八阁里的汉室小吏。

左手捡起一块瓦砾，掌心里有了一座殿的沉重；右手拾得半个瓦当，指缝中夹带着一处阁的优雅。抬起左脚，无论是不是小心翼翼，都会将东阙踢得空空回响；落下右脚，无论有没有故意，注定要将柏梁台踩得踏踏实实。向西一声喷嚏，足以让西司马门风雨飘摇；向东一下咳嗽，定招致东司马门草木惊心。

帝宫未央，周回多少兴衰。

焦土一抔，拂一拂就得见天禄。老尘一捧，闻一闻就想起石渠。泥巴一坨，捏一捏就造就金华。沙砾一掇，数一数就数出玉堂。浮灰一团，吹一吹就飘来白虎。流沙一把，漏一漏就变成麒麟。离宫别殿，崇台阁馆，总记得星宿般列列环绕。

王者长乐，更知岁月无敌。

飞灰一阵，如裙袂飘落掖庭。汀泞一搊，如胭脂抹到椒房。土骨一堆，像英姿锦绣合欢。石子一粒，像玛瑙闪耀昭阳。残垣一列，似淑女窈窕鸳鸯。枯沟一带，似珊瑚出浴披香。荒径一路，为红玉流连蕙草。兽迹一行，为白玉圆润兰林。断墙一面，当长袖画眉飞翔。青石一方，当翡翠夜映凤凰。后妃闺室，粉阁香楼，忘不了虹彩般灿灿流霞。

雁过留声，那些早已开过花的舞蹈得汪洋肆意而累得歇季的虞美人，除非来了赵家飞燕，还有什么可以再叹三十六宫秋夜长！风过留痕，那些早已飘香过的芬芳得醉生梦死的野蔷薇，若是迎不来陈家女儿，也就没有人留恋金屋修成贮阿娇！天涯望断，正在不远处悄然伫立的雪花与梅花，等待的是那位步出长安，千载琵琶作胡语，永远出塞的美妙昭君！

不知从何处刮来的秋风醉了，仿佛刚刚穿越汉武大帝流连过的三千余种名果异卉：棠枣、樗枣、西王母枣；紫梨、青梨、芳梨；霜桃、含桃、绮叶桃；紫李、绿李、金枝李；赤棠、白棠、青棠、沙棠；朱梅、燕梅、猴梅、紫叶梅、同心梅；白银树、黄银树、千年长生树、万年长生树、扶老树、金明树、摇风树、鸣风树、琉璃树。百里长安，铺陈绿蕙、江蓠、蘼芜和留夷；十里未央，尽是揭车、蘅兰、结缕和戾莎。茈姜蘘荷，葴橙若荪，鲜支黄砾，蒋芋青蘋，天下奇花妙草，世上国色天香，可以遮蔽江湖大泽，可以蔓延帝国原野，只是抵不过一夜风尘。树还是树，草还是草，花还是花，却一一还原成树中杨柳、草中青蒿和花中酢浆。

荒郊旧址，古来绝唱。

野遗之上，满目无常。

那天，在未央宫遗址旁，同行的一位朋友忽然说起，曾有甘肃朋友送他一只汉代陶罐，摆在家中的日子，一家人天天做噩梦。有一回惊醒时还记得梦中之人对自己说的话：若无鬼魂，何来惊扰？一旁的另一位朋友接着说，她曾留一位女友独自住在自家的另一处房子。女友住了一晚，临别时与她说，夜里曾被某种软体东西抚摸。女友也是见过世面的，她镇定地将那软体东西推开，还说不要这样，三番五次之后才没动静。这处房子只有八十平方米，放了许多古物。女友走后，她马上去那里"开会"，对着屋里的古物说话，要它们守纪律守规矩，否则就请出门去。朋友此处房子是否再有软体东西出没不得而知，得到汉罐的朋友将其放到地下室后，家中一切便重回安宁。

来自楚地的刘邦，大概更在乎中国南方的魔幻之于自身及汉王朝的现实。于楚地中心湖北随州孔家坡出土的汉简中有几枚简记载用鸡血祭祀土地神，其中有简文"央邪"，表明其时"央"与"殃"相通，"殃邪"当然是指殃祟与灾祸。如此例证还有云梦睡虎地的秦简、长沙马王堆的帛书，既然秦汉时期普遍将"殃"写成"央"，堂堂汉高祖，肯定对身后之事有所预见，"未央宫"就应当是没有灾难、没有殃祸的王宫了。

经历吕氏之乱、七国之变、巫蛊之祸，待到商人杜吴于宫中酒池杀了王莽，校尉公宾就斩其首级，未央的意义，无论解释为没有尽头，还是理解成没有祸患，都不过是传说了。

正如朋友们所遭遇的，百代千年的未央宫存于当下、活在当下的意义，重要的是在长乐长安之上，不使那些历史中的邪恶再犯人间。史遗所在，宁肯葳蕤酢浆作了国色，唯愿芩离青蒿是为栋梁，也不让前朝奸佞重享半缕阳光。一棵草的未央，于过往是莫大遗恨，对历史则要擒笔穷鞠。人文烝会，瑰异日新。如此嘉木树庭，芳草如积，才有天下兴盛、无极长安的深远寓意。焦土累累，雁碛遥遥，那些生长在历史中的狗尾草，飘荡在时光里的蒲公英，都将具备现实的强大力量。

二〇一四年十一月四日于东湖梨园

# 唐诗的花与果

一个人怎么会在心灵中如此迷恋一件乡村之物?

这种感觉的来源并非人在乡村时,相反,心生天问的那一刻,恰恰是在身披时尚外装、趴在现代轮子上的广州城际。那天,独自在天河机场候机时,有极短的一刻,被我用来等待面前那杯滚烫的咖啡稍变凉一些,几天来的劳碌趁机化为倦意。当我从仿佛失去知觉的时间片段中惊醒,隔着热气腾腾的咖啡,所看到的仍旧是挂在对面小商店最显眼处那串鲜艳的荔枝。正是这一刻,我想到了那个人,并且以近乎无事生非的心态,用各种角度,从深邃中思索,往广阔处寻觅。

那个人叫石达开。这一次到南方来,从增城当地人那里得知，习惯上将这位太平天国的著名将领说成是广西贵县人，其实是在当地土生土长，只是后来因家庭变故，才于十二岁时过继给别人。十二岁的男孩，已经是半个男人了，走得再远，也还记得自己的历史之根。传说中的石达开，在掌控南部中国的那一阵，悄然派一位心腹携了大量金银财宝藏于故乡。兵匪之乱了结后，石姓家族没有被斩草除根，只是改了姓氏，当地官府甚至还容许他们修建了至今仍然显得宏大奇特的祖祠武威堂，大约是这些钱财在暗中发挥作用。身为叱咤风云的太平天国名将，对于故乡，石达开想到和做到的，恰恰是乡村中平常所见的人生境界。

岁月不留人，英雄豪杰也难例外。增城后来再次有了声名，则是别的缘故。因为有了高速交通工具，这座叫增城的小城，借着每年不过出产一两百颗名为挂绿的名贵荔枝之美誉忽然声名远播。那天，在小城的中心，穿过高高的栅栏、深深的壕沟，站到宠物一样圈养起来的几株树下，灵性中的惆怅如同近在咫尺的绿荫，一阵阵浓烈起来。

不管我们自身能否意识到，乡村都是人人不可缺少的故乡与故土。在如此范畴之中，乡村的任何一种出产，无不包含人对自己身世的追忆与感怀。正如每个人心里，总有一些这辈子不可能找到的替代品，而自认为是世上最珍贵的小小物什。乡村的日子过得太平常了，只要有一点点特异，就会被情感所轻易放大。乡村物产千差万别，本是为了因应人性的善变，有人喜欢醇甘，也有人专宠微酸，一树荔枝的贵贱便是这样得来的。因为成了贡品，只能是往日帝王、斯时大户所专享，非要用黄金白银包裹的指尖摆着姿态来剥食。那些在风雨飘摇中成熟起来的粗粝模样就成了只能藏于心尖的珍爱之物，当地人甚至连看一眼都不容易，长此以往当然会导致心境失衡。

从残存下来的历史碎片中猜测，十二岁之前的石达开，断然不会有机会亲口尝到那树挂绿的甜头，如能一试滋味，后来的事情也许会截然不同。乡村少年总会是纯粹的，吃到辣的会嘬着嘴发出嗞嗞声，吃到甜的会抿着嘴弄出啧啧响。率性的乡村，没有爆发什么动静时，连大人都会不时地来点小猫小狗一样的淘气样，何况他们的孩子。石达开甚至根本就不喜欢荔枝，在这荔枝盛产之地，如果他尝过所谓挂绿，只要有机会，便极有可能用其调换一只来自遥远北方的红苹果。事情的关键正是他缺少亲身体验。绝色绝美的荔枝，或许根本就是地方官吏与前朝帝王合谋之下的一种极度夸张。小小的石达开想不到这一层，而以为那棵只能在梦想中摇曳的荔枝树，那些只能在天堂里飘香的挂绿果，真的就是能让人益寿延年、长生不老之品。

　　是种子总会在乡村发芽。难道就因为位尊权重，便可以堂而皇之地掠走乡村的心中上品？后来的石达开，一定因为这样想得多了，才拼死相搏，以求得到那些梦幻事物。后来的石达开，得势之时还记得这片乡村，难道没有对少年时可望而不可即的荔枝挂绿的回想？

　　现存的据说是用石达开捎回来的财宝修建的宗祠的屋檐上，至今还能见到"当官容易读书难"的诗句。当年不清楚的事情，留待如今更只有猜度了。正是由于如此之难，更可以让人认为石达开当然吟诵过杜甫的名句。那些开在唐诗里的乡村之花，一旦与历史狂放地结合，所得到的果实，就不是只为妃子一笑的一骑红尘，而是一心想着取当朝而代之的金戈铁马万千大军。

　　没有记忆，过去就死了，不得再生。没有记忆，历史就是一派胡言，毫厘不值。没有石达开了，没有挂绿，荔枝总不至于不是荔枝了吧？将唐诗当作花来盛开，最终还得还以唐诗滋味。这样的荔枝才是最好的。

　　　　　　　　　　　　二〇〇八年十二月于东湖梨园

# 你是一蔸好白菜

　　如果电视台没有直播体育比赛，一般的时候，我只会在临近深夜了才打开电视机，看一看几个专栏节目。那晚八点刚过，我从书房里踱出来，不知何故竟然下意识地揿开电视机，看到贵州台正在直播"多彩贵州"歌唱大赛总决赛，就在沙发上坐下来不动了。

　　大约是三个月前，在网上看到一则来自五月二日《贵州都市报》的消息说，贵州民族学院的一位叫陶健的老师，将我的一首诗谱成曲，参加了"多彩贵州"歌唱大赛。陶健老师对记者说："第一次看到刘醒龙先生写的词（应该为诗）时，马上就有了想把它谱上曲唱出来的冲动，因为在字里行间，无处不流露出一股浓浓的故土情。"那则新闻最后写道：歌曲的华彩部分，"我的高原，你让神往漫天荡漾；我的高原，你让白云都不再漂泊"，让许多音乐界人士眼含热泪。我以为那位不曾相识的陶健老师会将这首诗唱到这场决赛上，临到要谢幕了还没见着，自己才忍不住哑然失笑。五六月间，第一阶段"重访长征路"活动在贵州结束之际，我曾提及这首歌曲，当地一位负责此活动的同志含糊其词的回答，本应使我十分明了。不管先前对让音乐界人士眼含热泪的歌唱的报道是否属实，抑或还有其他因素，于我却是没有白费时光，那首进入决赛的名为《你是一苑好白菜》的贵州民歌，让我觉得没有枉费这几个小时的光景。

被改编成歌曲的那首诗名为《用胸膛行走的高原》，有两百多行，是我迄今为止唯一一次去西藏时写下的，也是我胆敢拿出来发表的两组诗作中的第一首。不管承认还是不承认，人生有些境界命定是属于诗、小说、音乐等艺术的。这也是一些人仅仅去过某地一次，便会在心里长久地形成一股灵感之泉。也有不是这样的，譬如贵州。基于那些更陌生的地方，贵州怎么说我也去过三次。反反复复当中，我一直没有找到与此地风土人情相关的独有感觉。

第一次涉足时，我还是一名普通车工，受工厂委派，到贵阳走访产品用户。因为是厂里的团支部书记，一路上都在不停地为纪念毛泽东主席逝世一周年的墙报撰写文稿。一九七七年秋天，我临时住在火车站附近，作为省城的贵阳，到处是黑乎乎的，仿佛是我们将自郑州、西安、成都、重庆一路带来的煤屑全堆积在此地。就像做了坏事，只在贵阳住上一夜，哪里也没去，便匆匆离开。二十二年后，也是秋天，我去昆明，所乘飞机在贵阳机场落了一下地，时间更短，只够我在机场免税店里买上两瓶后来被一些朋友评价为口感极好的茅台酒。真的是事不过三，第三次到贵州，情况大不相同。从南昌出发后的十几天行程，大部分都给了贵州。经过湘西凤凰古城，我们敲开贵州的后门，从重峦叠嶂的大山缝隙里，一头扎进作为歌手的陶健所唱《我的高原》的腹地铜仁地区。

在我不得不说自己所见到的全是穷山恶水时，心里并不存在对山水的恶意。为山为水一切源自天成，说山水如何时，总是由于居住在山水之间的人的欲望。多年以前，我曾经站在那条名叫清江的河流旁，真诚地形容她是中国最纯洁的河流。多年之后，经由湖南凤凰古镇进入贵州，在一条接一条的江河面前，我不断地后悔从前那不知天高地厚的信口胡言。山水之形通常在乎人意，在翻越黔北最高峰梵净山时，就有一种东西深深地潜入心底。最终孤独地坐在火车上，从贵阳开始离开，轰轰烈烈地将一座座山、一道道水变成回忆，我便开始问贵州啊贵州，或人或事，是山是水，怎样才算是能够留下来的概念呢！

后来总在想，贵州于我，最感动的是在铜仁街头听到的古老民谣吗？汤汤泛泛的清悠悠沱江，在那些爱歌唱的老人身边无声荡漾。这样的老人不是一个，不是一群，而是许多个，许多群。街上略嫌简陋的霓虹初上之际，他们便聚到一起，将一样样的古音古曲唱到尽兴，直教近处的种种流行时尚自叹不如。在遥远的家中，看电视，想着这些事，才明白他们要经久不衰地歌唱《你是一蔸好白菜》，所印证的便是其民风民俗的特立独行。我不是妄称贵州之地对牡丹不以为然，而以白菜为美。可贵州人的确将种种惊险与雄奇当成了日常家居中的白菜。他们不说女人面若桃花，并不等于在心里看不上鲜艳的女子。他们说女人之美宛如白菜，也不会真的要她们从此不再沉鱼落雁羞花闭月。被天造地设所限，贵州人只是不去想那不切实际的事物，而是更加珍惜所有实际的存在。白菜也开花，白菜也用结籽来代表果实，白菜也能作为季节的美味，白菜也是往复轮回的生命实体。只因为它既不张扬，也不内秀，之所以独独出现在贵州风格的讴歌之中，丝毫不能算作是他们独具慧眼，实实在在只能表明深蕴此中的惺惺之惜。

第三次到贵州前夕，行走在湖南境内，隔上几里远，就会有让人心惊肉跳的警示牌出现。最让我们头皮发麻的一块牌子上写着，不久之前，此处发生一起重大车祸，死亡人数正好与我们车上代表团人数相当。我只晓得过去公路有专门为山区制定的等级标准，当下如何规定，我尚没有听说过。只能客观地说，贵州的公路与我们所经过的湖南省山区公路存在着至少一个级差。贵州的山更多更大更险，贵州的公路更陡更窄更弯，他们却明显将这些当成是理所当然，这一点从贵州人的肤色与神情就能看出来。

在公路旁，不时可见贫困县、贫困乡的标志牌和过去苏维埃政府以及工农红军血战之地纪念碑。去往佛教圣地梵净山的途中，在一处上有滑坡、下有崩塌，陡坡连着急弯的险路上，当地人竖立了一块最别开生面的路牌，上面写着：离梵净山还有十九点五公里。

初读时我轻轻地笑了一声。一段时间过后，再用心去想，豁然明白，这是最能体会贵州之地人性所在，也与你是一蔸好白菜的夸奖，同属那些根植于乡村、进化于农业的优雅。能够用白菜来表达极度赞美，这大概也是作为母语的汉语在这个世界里的得天独厚了。只需如此，像我这样的资深小说书写者，就该对那方水土中人肃然起敬。

二〇〇五年八月九日于东湖梨园

# 剃小平头的城市

天空深邃，平原宽阔，一座城市摊在那里，无论从哪个角度进入视界，都不会觉得突兀与惊艳。这样说来并不是千篇一律，北方大平原上有很多城市，大的小的，超大的和特小的，各种各样的城市群里，唯有被称为石家庄的，像一个任何时候见面，都能保持着质朴本色的亲朋好友，哪怕是突然从拐角后面冒出，或者是大老远款款地迎面走来，既不会使人心惊胆战，也不会让人熟视无睹。这样的风格很容易被定性为朴素，而朴素是一种可以让绝大多数人欣然接受的赞誉。然而历史是会反对的：历史怎么可以朴素呢？历史一旦朴素了，是不是就等于可以忽略和漠视呢？

　　城市周边是那座像祖宗一样不好意思用朴素来形容的太行山。六十年前，一支用深山野岭的艰险锤炼多年的军队，突然行动起来，山洪般扑向在城市中生活得沾沾自喜的另一支军队。与秋风落叶相比时间不算短，与春水东流相比时间不算长，城防就被击破了，败军所维护的旧政府也垮台了。说大就大、当小亦小的一座城市就这样在几天之间彻底易手了。身为对手的旧的地方政府，更没想到的是，自己竟然就是压倒一头骆驼的最后那一根稻草。历史总是要在随后的时光里才能看清楚，一年之后开始的那种排山倒海摧枯拉朽般的大逆转，毫无疑问地始于在当时还看不出对时局有何决定意义的石家庄解放之役。

　　一滴雨点打着芭蕉，一丝轻风拂倒炊烟，能不能料到暴风雨紧随其后？鼎鼎大名毛泽东，斯时斯刻不得不化名李德胜，在陕北的黄土高坡深处，小心翼翼地躲避着铁了心非要捕获他的几十万大军。也许是为了鼓舞士气，也许是真有先见之明，石家庄的收复，是他所统率的红色队伍城市攻坚战的开始。此后的历史果然依照着他的理想书写，也果然让石家庄一战成名，在与其他赫赫有名的城市相比时，写下别具辉煌的一页史记。

历史是一个好大喜功的家伙。对于历史，所有的阅读者又都无一例外地默许了这类若在日常生活中绝对招人厌恶的习惯。历史又是一个粗枝大叶的家伙，只满足于将每一页中的大小角落用流水账填得满满的。譬如六十年前的石家庄，历史说得没错，对它的收复是从塞外到岭南普遍解放的先兆。然而，比历史所言更为重要的是，这件事本应该被表达为世世代代所渴望的和平生活的到来。

比六十年前还要早一些，加拿大的白求恩大夫来到城市身后的大山里，他说了，自己远渡重洋而来，最大的愿望是帮助中国人战胜法西斯，过上和平的日子。怀着同样理想的人还有印度医生柯棣华，如今的城市街头高耸着他们的塑像，还有一座归属共和国军队系列中的"白求恩国际和平医院"。因为感怀白求恩之死而抒写过名篇的毛泽东，几年之后终于也来到此地。那时候的石家庄已遍插红旗，发现他的到来后，北平城内的对手，秘密派出十万大军，剑指石家庄附近的红色中央司令部。明知身边能打仗的只有万余人马，毛泽东闻讯后却仍然胸有成竹地说，要给对手一点厉害看看。他拿起笔，写了一篇文章，让陕北新华广播电台播了出去，号召他所统率的军民，三天内做好歼灭敌人的准备。一曲"空城计"，逼退十万雄兵。这种宛如茶余饭后顺手操办的小事，在随后的日子里被演绎得更加淋漓尽致。从南京或者北平来的和谈代表，往返了一次又一次。虽然国内和平协定没能最终达成，但千年古都北京还是平安易主了。

历史本应恰如其分地将石家庄表达成为一座和平之城，而非战神之域。毕竟关于和平的种种决策过程大都发生在此地，至于结果，有的成就了，有的无法成就。成就了的就会结一只外地果实，成就不了的结不成果实，却还是留下了与和平诞生相关的灵魂与精神。由此想来，这座城市的朴素，其深蕴的却是精神与灵魂上的和平。正如这座城市里普遍留着小平头的男人，不爱夸张，不事喧嚣，背后里却扎扎实实地做着许多事情。就像他们的老祖宗所修的赵州桥，明明是工匠李春的杰作，在被传说成鲁班的神话后，也改不了他们淡淡地从桥上走来走去的无欲。又由此想回去，一方水土养一方人，一样性情成一样事，也正是这种仿佛切下太行山一角堆砌而成的祥和之城，她不朴素谁朴素，她不和平谁和平！

二〇〇七年九月八日于东湖梨园

# 蔬乡千里

二〇〇二年六月，在上海开完《弥天》的研讨会后，被朋友拉着去到富阳。因为太喜欢郁达夫故居门前的富春江，一时兴起忍不住下了水，一番畅游后，小毛病也跟着来了。正是因这不期而至的小毛病，而邂逅了一段美丽。

那天上午，从富春江里起来不久，就开始觉得腹部有些不适。还没等到自己真正重视起来，先前的零敲碎打就翻脸不认人，变成倒海翻江一样的疼痛。从富春江再到西湖边，偶染微疾，更是能忍则忍，不好惊动别人。否则，老用手抚摸自己胸口的动作，很容易成为新东施效颦的笑料。在临近西湖的一家酒店，与杭州一位诗人朋友见面。刚坐下来，朋友就冲着服务员说了一道菜名，并问有没有。

服务员笑着说我们来得早，当然还有。朋友也笑着回应，来过几次，都没点着这道菜。时间不长，名叫西湖莼菜羹的就端上来了。朋友不知道我在闹毛病，他说当初西施肠胃不适，喝一碗莼菜羹就没事了。我赶紧给自己舀了小半碗，也是三餐不曾进食，几口莼菜羹下肚，全身无比舒适。之后又赶紧多喝了些，一顿饭下来，腹部不适几乎感觉不到了。到这时候，我才对朋友说了实情。朋友得意，自己也快意。

朋友得意时，脱口说出诗圣杜甫陪李十二白（李白）一起访友乘兴写下的两句诗："向来吟橘颂，谁与讨莼羹？"自己觉得快意，不只是身体恢复正常，还有了一份值得惦念的美食，还没离开西湖边的餐桌，就想下次再来一定要再尝它一尝。

从杭州返回武汉，过完夏天，秋天一到，有事去鄂西利川。那时的道路，虽然较更早时节已大有改观，汽车跑起来用不着四天了，但两天时间是一分一秒也少不得。第一天只能到恩施，第二天一大早摸黑上车出发，晚上八点到利川摸黑下车，两头不见太阳。放下行李就忙着吃饭，上桌不一会儿，发现有道菜颇似在西湖边吃过的莼菜。问过当地人，再将服务员递来的菜谱仔细看过，确信这就是莼菜后，马上给杭州朋友发去短信，指其"天下莼菜，唯出西湖"的说法不对，利川这儿也有。朋友一时间忘了莼菜在杭州是何等稀罕之物，竟然回复说，是不是从杭州这边运过去的？那时的利川，完全封闭在大山深处，做梦都在想着快捷的高速公路。至于高铁之梦，就连杭州人也要再等几年才会出现。与朋友说过后，反而更难释怀。杭州那里视莼菜为珍品，只能用于羹汤点缀。利川这里的莼菜，与其他山间野菜无异，大模大样、大手大脚地烩在粗犷碟子里，与茄子、辣椒、豆角，还有巴蜀之人极为喜爱、外来者多半难以接受的折耳根一起，在桌面上摆成了粗茶淡饭的阵势。

在利川的那几天，随便哪家路边小店，都能见到装有莼菜的大大小小瓶子，不要说一瓶两瓶，就是一百瓶、两百瓶也能随便买卖。回想起来，在杭州的西湖边上，一只海大的碗里，有多少片莼菜，生活得再精致的人也不会一是一、二是二地数得清清楚楚，硬要说那汤汤水水中漂着多少如同茶叶针芽的小样，壮着胆子去估摸，也就是百十只吧。若不是刻意为之，随随便便用汤匙儿去舀，三两回合中，能舀上一片两片就相当不错了。说大海捞针有些夸张，那莼菜在汤汤水水中清悠悠的样子，确实有点猴子捞月亮的滋味。

因为偶遇莼菜，这些年断断续续记下一些相关诗句。除了在西湖边听朋友说过的杜甫，同为唐代的皮日休也有诗云："雨来莼菜流船滑，春后鲈鱼坠钓肥。"一向痴迷荔枝的白居易，也像吃货一样说："犹有鲈鱼莼菜兴，来春或拟往江东。"而那"六月槐花飞，忽思莼菜羹"的句子，谁能想到居然是"一生大笑能几回"的边塞诗人岑参所吟。如此集万千宠爱于一身，就连佛门中人释正觉都免不了嘴馋，有诗为凭："橘洲白鸟秋成伍，渔火莼羹蓬底香。"那慨叹"人生自古谁无死，留取丹心照汗青"的文天祥，也跟着大肆叫好："赖有莼风堪斫脍，便无花月亦飞觞。"同样豪放得"男儿到死心如铁，看试手、补天裂"的辛弃疾，同样难得婉约一回："谁怜故山归梦，千里莼羹滑。"李白有言："张翰黄花句，风流五百年。"没有直接说莼菜什么的，却道出莼菜最早入诗的出处。那个叫张翰的人，身在西晋洛阳时毅然辞官回家，原因不过是思念家乡莼菜鲈鱼。"且乐生前一杯酒，何须身后千载名。"一段莼鲈之思的佳话，早已流传好几个五百年。后来相关莼菜的诗文，都不过是得了如此典范的营养。

最是天下闻名的三苏之家，做父亲的苏洵有诗："细雨满村莼菜长，高风吹旆彩船狞。到家应有壶觞劳，倚赖比邻不畏卿。"老二苏辙写得更进一步："连年食羊炙，便欲忘莼羹。问君弃乡国，何似敝屣轻。"老大苏轼写罢"若话三吴胜事，不惟千里莼羹"，仍意犹未尽，接下来再写道："但丝莼玉藕，珠粳锦鲤，相留恋，又经岁。"在一家两代三口这里，清清莼菜已经于美食之外，化为浓浓的怀乡之情。

如果苏门父子，离家东去，在船到长江三峡的夔门之际，临时靠上南岸，再往山里走几十里，早早遇上同遍地辣椒茄子折耳根一样的遍地莼菜，再见到西湖泽畔的万般珍贵时，依旧倾一己才华，为山野之中的小小尤物耗费笔墨，那种样子的苏轼绝对写不出"大江东去，浪淘尽，

千古风流人物"的雄文。当然，还有另一种可能。利川距
离眉山与杭州远隔眉山相比较，几乎就是苏洵所说的倚赖
比邻。已经得尝利川莼菜的苏父苏子，留滋味在心里，与
西湖莼菜相混合，睹物思乡，才将自唐以来诗文中的尤物，
写成了一种相思、三样闲愁。

　　二〇一九年九月，再次到鄂西利川，凭借高速铁路与
高速公路形成的捷径，一天之内便轻轻松松抵达。这一次，
莼菜作为美食，不再是偶遇，想不到它会以本来的面貌，
与我再次发生偶遇。到利川的第二天下午，攀上福宝山，
从高处看利川盆地，形胜而富丽，当地人如数家珍般说来，
当年这一带全是深不可测的沼泽，只好用山上的大树成排
地埋进烂泥中，才能填土形成耕地，才能在上面搭盖房屋。
他们极其在乎地说，盆地下面埋着的这些打基础的连片树
木，成了现在比比皆是的千万年乌木。好不容易转过话题，
说起莼菜，他们指着山谷中一小片水田，说那里就有种的。
接下来一段时间，便全给了莼菜。先是下山奔莼菜田而去，
到了莼菜田边，又千呼万唤叫来种莼菜的人，再急不可耐
地盯着种莼菜的人伸手在半米深的清水中反复摸索打捞，

最后才是莼菜活灵活现的样子久久盘旋。

见到莼菜真身才明白，为何李白、杜甫、白居易、岑参、文天祥、辛弃疾和苏门父子等等，都跟着张翰学样，不顾虑文人相鄙相轻，一定是都曾见过莼菜本来模样，而没有单纯认作是轻舟画舫里的特殊食材。既不沉于水底，也不浮出水面，只在半米水深的一半处生长的莼菜，被清水自然洗过的五指轻柔地捧出水时，宛如一块清白的琥珀。一片小小叶芽处在正中心，外面包裹着水晶一样的胶质软体。望着莼菜，再望望水田，想不出必须洁净到哪种等级的水体，才生长出这足以留下美人小影的尤物。种莼菜的人说，已经过季了，田里莼菜很少。他刚露出再捞一些的意思，就被拦住。这么好的东西，有一片就足够，能捧在手心里看上一眼就是天赐。写莼菜而懂得莼菜，懂得莼菜而写莼菜，这是唐诗宋词想写就写、不愁其他的保证。有莼之思，就有莼之情，情思之下，哪里还顾得上各种各样的小肚鸡肠。

单纯的莼菜无味无感，单纯的人也有心有意。莼菜田边的这片山，清秀绮丽，水要多清有多清，花要多艳有

● 利川水塘中随处可见的莼菜

多艳，原生原长的老水杉，后栽后种的红豆杉，各种各样的树木要多少有多少，要什么样有什么样。就连这山本身，从前当地人要叫福宝山就叫福宝山，后来山上修了一座寺庙，要叫佛宝山就叫佛宝山。利川这里的莼菜，给人以更有天时地利的感觉，自己长自己的，自己活自己的，不与西湖比，不与唐诗宋词比，也不计较李杜他们将莼菜写成三吴之地独有的思乡之物，就连烹饪方法也不吃羹汤那一套，自行其是地以烩炒为独门绝技。有意也好，无意也罢，都能表明本地莼菜来源之丰富。

见过原模原样的莼菜质料，很容易联想到文房四宝中的宣纸，一张白白的宣纸摆上一千年也还是白白的宣纸，仍然需要用水墨浓抹淡描。这么说来，与莼菜同义，仿佛真是功夫在诗外那样，莼菜味道关键在于相配合的汤，宣纸的意义重在或书或画的浓墨重彩。

天下万物，最妙在于文化的特殊。有言道清水无香，至美无形。若依着千年以来的传说，莼菜之奇关键在于被当成食材时所用的佐汤辅料，岂不是用半碗清水也能达成，又何必要不避穷山恶水，非要寻找到一般山水之间无法生长的尤物呢？宣纸的处境也与此相同。就好比历史人文中，有一种认知说是只要有贤臣良相，任谁个居于王位，都做得到盛世繁荣。果真如此，何必非要炎黄尧舜唐宗宋祖等统帅！

　　莼菜之莼，不只是美味与乡情，那天下无双的品质中，重要和关键的是关乎人性人情。宋时王谌在诗里说，"长安为客者，皆是利名人。只有君同我，惟添病与贫。秋风篱下菊，夜雨水边莼。拟共租船去，归家趁小春"。这里写的莼菜，当如利川水田中，自成品格，自立繁华，自在天边。

二〇一九年十月十二日于斯泰苑

# 星斗摇香

有种事物，一旦相逢，感觉就像向谁个借来些许年华。年轻人顿时觉得情怀舒广、岁月悠长，长一辈的则轻松地倒转春秋，回味三生三世，重续一段韶华。利川星斗山上那片出产"冷后浑"的珍稀茶树正是如此，看看茶树边云缠雾绕，把香茗几盏，年轻的笑容就有了沉郁，沧桑的谈吐又再现天真。

鄂西山地，突起在江汉平原边缘，有秀水从崇山峻岭奔腾而出，有清风从华中高地舒缓铺来，将巨浪滔滔的长江挤压得矜奇立异，做了地球上独一无二的三峡雄关。用一座座大山垒起来的鄂西，自身却像宿醉尚在的汉子，端坐在吊脚楼上，直到一声唤：妹娃要过河，哪个来背我嘛！

宛若后来歌者将"背我"演绎为"推我",山地鄂西跳将起来,惊艳世界的模样,恰似被那只看不见的大手轻推一掌,不得不横空出世。而将《龙船调》唱了几百年的利川,当是惊艳之惊、惊艳之艳。一处硬是将一条清江生生吞入腹中的腾龙洞,一座敢与各路名山大川一较高下的大峡谷,还有那自由散漫的莼菜,将西湖岸畔软黄金般的山珍长成了白菜价。诸如此类,许多天赐,等到了二〇一八年四月二十八日,在远隔千里的东湖之滨,一代领袖亲自向世界推荐星斗山上的神奇之物,才让人恍然懂得,一切天赐的深意,无不是使普通人的创造,也杰出得能与天赐媲美!

有心往之,自然希望不负此行。

端的见识后,还是惊喜交集,赞叹了八九十回,仍不足以表达心之惬意。

那天早上,在街边一处小店里坐下,听说此地有包面,赶紧让端了一碗出来。只见形状与口味还有做法,与老家黄冈日常盛行的包面如出一辙。说是东汉建武年间,七千精干巴人由鄂西迁徙于鄂东带去的饮食习惯,最大的证据是连鄂东五水之首的河流都叫了巴河。过年过节，聊表欢庆的区区食物，如此这般传承下来，其中道理，也是说得过去的！传说当年蜀地为着管治方便，将所属长江右岸这片蛮夷远山，交换了长江左岸鄂北较富饶的大片谷地。这些年，利川街上，蜀地之人越来越多，不时听见川蜀之音言说，先祖如何不识这大利之川？

利川这地方，让人总觉得有着别处找不到的好！一样的包面穿越历史分为两地生长，不同的山水无须腾挪凭空就能互换。这样的生长与腾挪，是人的气韵，又是人的命定。比如中华茶事，先贤后学，早已造就无数传奇。九十万人的利川，用既往山水人物的九十万个传奇作铺垫，硬是携手将利川红做成了最新的传奇之茶。珍稀妙品冷后浑，只略一显身，就画龙点睛地串起这片土地上的荡气回肠。

中秋前后，黄白的桂花开得极盛，荆楚江汉没有一条不被花雨淋湿的晨路，山野城乡没有一扇不被花香浸透的晚窗。天地之间的秋天，仿佛只此一种气息。比别处多几许风韵的利川山水，让一树树银桂更得娇宠；比他乡胜几分的清风沉露，让一棵棵丹桂再上胜境。不因茶好而独宠的利川，大大方方地给了各色桂花登峰造极的机会，像是为了向茫茫水天里挂一面白帆，往阵阵北风中惊一声雁鸣，将秋天气息一一变成冷后浑茶香的陪衬。人道是，蟾宫九月，仙桂独步。利川的茶香，半点喧哗也不曾有，就悄然惹动天上神经、地上思绪、人间惆怅，只留下茶中的利川红、利川红中的冷后浑，而将所有朗朗上口的秋事尽数置于脑后。

在利川，冷后浑茶香温润绵柔，一杯入口，七窍里都有暖香丝丝游漫；再饮一杯，半个身子如同披上丝绸锦帛；到第三杯时，心里就只有一个念想，再饮三个三杯，也不知能否舍得下，别了去？茶香沁入心之内里，顷刻间就令周身爽快，既不夸张，也非内敛，好比是与生活中我劳我得等量，一丝不多，一毫不少，恰到好处的馈赠与回报。

当年有文章叙说王安石三难苏学士，第二难是那三峡之水。王安石拜托苏东坡取中峡之水拿来沏茶，不意苏东坡乘船过瞿塘峡后因故错过了巫峡，只好将一壶西陵峡

长江三峡

水带去京城交与王安石。略略品过的王安石，一语惊呆了苏东坡。王安石所言上峡之水太急，沏茶味浓；下峡之水太缓，沏茶味淡；唯中峡之水不急不缓，沏出来的茶，浓淡适中，正好饮之。其中道理，于茶也说得通。名扬四海的利川红正是那中峡之水，作为利川红中极品的冷后浑，宛如中峡之正中。

南方山水，以树木花草为胜，若无香茶，比如清纯村女满地，却不知美人何在。鄂西利川的星斗山中，一年四季映花照月的唐崖河环绕着一片冷后浑茶园，若是美人，必然会沉鱼落雁、倾城倾国！执着于冷后浑茶的三个男人，一个痴情一辈子只为守护那山那水那片独一无二的茶树，一个迷恋一辈子只是要将这独一无二的茶叶制成上品中的上品，一个忠诚一辈子偏要将皇冠上的明珠从高处不胜寒变为扬名于千家万户。天下茶类，多如人众；茶中极品，足以称为人中龙凤。星斗山中的三个男人，凭着与众不同的意志，各自做了自己人生中的龙凤。从世所珍稀的秃杉、珙桐、钟萼木、利川银鹊和湖北白花木兰等许多植物宝贝中突围出来，将茅草灌木遮蔽的冷后浑茶做了新的呈现。正像磨搭沟、三阵岩和花板溪拱卫居中的星斗高山。利川的山一座比一座大，星斗山上花草一样比一样奇异，让奇花异草遮蔽的野茶树，有幸被一个一个又一个的男人赏识，往日成不了有用之材，今天变身为国之宝器。

二十来片名叫冷后浑的利川红茶，拈进雪一样纯洁的细瓷茶碗，一线沸水自天注入，眼见着泛起玛瑙一样、红宝石一样的细小汪洋。主人观之长喜，客人观之宽畅。遥想东湖之滨的大国茶叙，莫不如此。在利川，与冷后浑茶终身结伴的女主人，一边细声细气地说着家常话，一边手抱茶碗，不经意地摇几摇，再摇几摇，然后打开碗盖，请座上宾客闻一闻。待大家都闻过了，都惊喜过了，女主人才合上碗盖，又摇了几摇，再打开碗盖自己闻了一下，轻轻挺一挺腰身，再轻轻来一个呼吸，将悄悄散漫的与剩余芬芳有关联的空气，尽数收入怀中。舍不得小碗四周剩余的芳香，更是舍不得浪费自家先生以毕生之坚持，一意孤行，拼将得来，美誉至极的天下第一妙品，所含半丝半缕的收获。

也是这摇一摇，像极了天上星斗，春夏夜里在南风里摇上几摇，润物无声地洒下甘露，一梦醒来，清凉了新的日子；又似秋冬在火塘上摇上几摇，温情脉脉地连接起气象，门窗开处，暖阳徐来，岁月不愁。

二〇二〇年十月十日于青岛至武汉途中

# 走向胡杨

　　去新疆，第一个想起的便是胡杨。飞机在天上飞，我竭力看着地面，想从一派苍茫中找寻那种能让沙漠变为风景的植物。西边的太阳总在斜斜地照着地面上尖尖的沙山，那种阴影只是艺术世界的色彩对比度，根本与长在心里的绿荫无关。山脉枯燥、河流枯竭、大地枯萎，西出阳关，心里一下子涌上许多悲壮。

　　夏天的傍晚，终于踏上乌鲁木齐机场的跑道。九点多钟了，天还亮亮的，通往市区的道路两旁长着一排排白杨，空气中弥漫着浓浓的瓜果清香，满地都是碧玉和黄金做成的果实，偌大的城市仿佛是由它们堆积而成。来接机的女孩正巧是鄂东同乡，她一口软软的语音，更让人觉得身在江南。事实上，当年许多人正是被那首将新疆唱为江南的歌曲诱惑，只身来到边关的。女孩已是他们的第二代，他们将对故土日夜的思念，化作女儿头上的青丝，化作女儿指尖上的纤细，还有面对口内来的客人天生的热情。或许天山雪峰抱着的那汪天池，也是他们照映江南丝竹、洞庭渔火和泰山日出的镜子。客人来了，第一站总是去天池，就像是进了家门歇在客房。照一照镜子，叠映出两种伤情。

天苍苍，野茫茫，风吹草低见牛羊！这些古丝绸路上诗的遥想，有足够的理由提醒那些只到过天池的人，最好别说自己到过新疆。

只体会到白杨俊秀挺立蓝天，也别说自己到过新疆。

小时候，曾经有一本书让我着迷。那上面将塔里木河描写得神奇而美丽。现在我知道的事实是，当年苏联专家曾经否定这儿可以耕种。沿着天山山脉脚下的公路往喀什走，过了达坂城不久，便遇上大片不知名的戈壁，活着的东西除了一股股旋风，剩下的就只有像蜗牛一样趴在四只橡胶轮子上的汽车了。戈壁的好处是能够让筑路工的才华，像修机场那样淋漓尽致地发挥。往南走，左边总是白花花的盐碱地，右边永远是天山雪水冲积成的慢坡和一重重没有草木的山脉。汽车跑了两千多公里，随行的兵团人总在耳边说，只要有水，这儿什么都能种出来！几十万平方公里的塔克拉玛干大沙漠里，水就是生命。兵团的人说，胡杨也分雌雄，雌的长籽生絮时像松花江上的雾凇。胡杨花絮随风飘散，只要有水它就能生根发芽，哪怕那水是苦的涩的。一九四九年，王震将军放弃将部下带到北京、成为新中国首都卫戍部队的机会，请缨进军新疆屯垦戍边并获准。爱垦荒的王胡子将他的部队撒到新疆各地，随着一百二十个农垦团的成立，荒漠上立即出现一百二十个新地名。在墨玉县有个叫四十七团的地方，那是一个完全被沙漠包围的兵团农场，由于各种因素，农场的生存条件已到了不能再恶劣的程度。农四十七团的前身是八路军三五九旅七一九团，进疆时是西北野战军第二军第五师的主力十五团，当年曾用十八天时间，徒步穿越塔克拉玛干大沙漠，奔袭上千公里解放和田。此后这一千多名官兵便留下来，为着每一株绿苗、每一滴淡水，也为着每一线生存希望而同历史抗争。从进沙漠起，五十年过去了，许多人已长眠不醒，在地下用自己的身体肥沃沙漠，活着的人里仍有几十位老八路至今也没再出过沙漠。另有一些老战士，前两年被专门接到乌鲁木齐住了几天。老人们看着五光十色的城市景象，激动地问这就是共产主义吗？对比四十七团农场，这些老人反而惭愧起来，责怪自己这么多年做得太少。他们从没有后悔自己的部队没有留在北京，也不去比较自己与京城老八路的天大的不同。他们说，有人做牡丹花，就得有人做胡杨，有人喝甘露，就得有人喝盐碱水。

　　兵团人有句名言，活在自己脚下的土地上，就是对国家的最大贡献。新疆的面积占国土面积的六分之一，境外和境内少数有异心的人总在寻隙闹事。在那些除了兵团人再无他人的不毛之地，兵团人不仅是活着的界碑，更活出了国家的尊严与神圣。老百姓可以走，他们有去茂盛草场、肥沃土地过幸福生活的自由天性。军人也可以走，沙场点兵，未来英雄与烈士都会有归期。唯有兵团人，既是老百姓又不是老百姓，既是军人又不是军人。他们不仅不能走，还要承受将令帅令，还要安家立业。家园就是要塞，边关就是庭院。兵团人放牧着的每一群牛羊，都无异于共和国的千军万马；兵团人耕耘着的每一块沙地，都等同于共和国的千山万水。一行人围着塔克拉玛干转了六千多公里，不时就能遇见沧桑二字已不够形容的兵团人，还能知晓一些连队集体家徒四壁的情形。很惭愧，我只在兵团农垦博物馆里见到他们创业时住过的地窝子。在昆仑山、在帕米尔高原，在二十一世纪前夜，仍有这样的地窝子作为兵团人的日常家居、人生归宿。兵团人笑着说，地窝子冬暖夏凉。兵团人笑着说，别人一不小心就将汽车开到地窝子顶上了。兵团人笑着说，维吾尔族人不会说公鸡，便将公鸡说成是鸡蛋妈妈的爱人。兵团人的笑让人听来，如闻霜夜雁歌、月黑鸣钟，既大气磅礴，又感天动地。兵团人常年生活在海拔两千九百多米以上的高山草场，没有蔬菜，极端缺水，毛驴从山沟里驮上来的水只能煮茶。就是兵团领导来，也没水给他们洗脸。吃的食物，除了茶水，无一例外地终年啃的是馕。

　　车过阿克苏，往南不远的路旁终于出现一片胡杨，它隐藏在丛生的红柳后面，只露出半截树梢，一副犹抱琵琶半遮面的样子。一行人刚开始兴奋，就听见兵团人平静地说，你们回来时，沙漠公路旁边的胡杨那才叫胡杨哩，这些是后来栽的，那是原始的。兵团人刚表示过又马上纠正自己说，栽的胡杨也是胡杨。最早说这话的人曾在南泥湾开荒时当过生产科长，并同王震来团里视察，他让团部的人排着队，同王震挨个握手。王震握到文书的手时，突然板着脸，不高兴地举起文书的手，说这样的手怎么写得好兵团的文章，先到连队去，将手上磨出老茧再说。这位团长当即让文书出列回去收拾行李。王震走后才三天，团长就让文书继续回团部上班，团长还在会上吼：王震算老几，这儿老子说了算，我就喜欢手嫩的，手嫩才写得出好文章，栽的胡杨也是胡杨！团长还说，你们将我的话告诉王震去。不知王震是不是听到了这些话，几年后，诗人艾青蒙难，王震亲自出面请他来到兵团。得益于王震在中国当代政治中的特殊地位，艾青生命中的劫难得到暂时的缓解。兵团城市石河子由于诗人的到来，一夜之间变成举世闻名的诗歌之城。石河子只有五十八万多人，大专以上文化程度的人所占人口比例达百分之二十，曾为全国第一，人均购书量曾为全国第一，更使人感慨的是他们的人均绿化面积也曾为全国第一。

　　在新疆，曾多次遇见过上海籍的兵团人。据说，五十年代初，第一批上海支边青年来新疆时，还没度过玉门关，便朝着戈壁掩面而泣。如今的他们，已判若两人。每一次见面我都很难相信，这些或坐或站的男子汉，当年也曾在灯红酒绿的上海滩斯文儒雅过。他们大碗喝酒、大块吃肉、大声吼叫、大步走路，不管高矮，到哪儿都是铁塔一座。库尔勒是乌鲁木齐通往南疆的第一站，这座在盐碱滩上建设起来的城市如今有一种让人惊艳的美丽。如此花团锦簇的明珠城市在内地也很难见到。它紧挨着核试验基地马兰，并盛产香梨。我在这儿遇到湖南电视台的一个剧组。他们将未来剧名《八千湘女上天山》印在 T 恤衫上，如血殷红的字迹，纪念碑一样雕刻在每个人的灵魂里。在历史的同一时期，上万名山东姑娘也将青春奉献给共和国西部边陲，且无一例外地嫁给了屯垦戍边的兵团将士。风雨数十年，戈壁大漠多了许多绿洲，多了许多村庄和城市，多了许多夫妻儿女兄弟姐妹。一位社会学家私下里说过，在中国的屯垦史上，新中国的这一次是最成功的。从某种意义上说，是这些女人的付出为这史无前例的成功奠定了基础。还有另一类女人，譬如几百名苏州姑娘，她们将现代缫丝技术带到古丝绸之路上的和田，同时，也将自己的命运编织在无尽的惆怅中。

就在和田，我认识了当地兵团农垦管理局的孙副政委，他爱人是湖北麻城人，我外婆家也在麻城。那天晚上，我举杯向他敬酒，并要他照顾我妈妈的同乡。这本是一句玩笑话，想让离别的气氛轻松些，谁知竟惹得旁边的男人眼圈红起来。那一刻，我也心动了！我并不后悔自己说过这句话，但在往后的日子，但凡提及亲情时，我不得不十分小心，不让自己的不慎惹动边疆人的心弦。

在新疆的最后一天，周涛赶来送别。我们没有谈到诗。新疆这儿遍地都是诗：沙漠、盐碱、戈壁、草原、雪莲、白杨、红柳、葡萄等等，还有壮美的兵团城市石河子。我们谈酒。我说自己这辈子只喝过三斤酒，大前年上山东喝了一斤，去年去西藏喝了一斤，今次在新疆又喝了一斤。我们谈兵团人为他们的酒所做的广告：伊力特曲，英雄本色。

被谈到的当然还有胡杨。

和田是绕行塔克拉玛干大沙漠的折返点。沙漠的边缘出现时，黄昏正在来临，神秘的沙丘上，一个少年怀抱一只乌鸦，赶着一线拉开的数百头黑牛白牛，将大漠西边的地平线和东边的地平线，紧紧地系在一起。我想起了，西北野战军第二军第五师第十五团，改为新疆生产建设兵团第四十七团之前，穿越眼前这座大沙漠时，那些人连接着的，正是共和国腹地与边陲数十年的安宁与和平。沙漠铺天盖地来了，比死亡的苍白略深的颜色更让人震惊。死亡只是一种深刻，绝望才是最可怕的。在维吾尔语里"塔克拉玛干"是进得去出不来的意思。独自站在沙丘后面，来时的足迹，像时钟上的最后一秒，又像身临绝壁时最后的绳索。仿佛在与末日面对面，人很难再前行一步。兵团人在车上悄然睡去，他们曾经从沙漠这边进去那边出来，塔克拉玛干神话在他们的脚下改写得很彻底，成了日常的起居生活。车行十几个小时后，重又出现的戈壁边缘突然

● 因为胡杨，新疆喀纳斯显得更加清雅脱俗

冒出几棵树干粗过树冠的大树。兵团人说这就是活着一千年不死、死了一千年不倒、倒了一千年不腐的次生胡杨林。活的、死的、倒地的胡杨零星散布在戈壁上，没有其他草木做伴，一只鹰和两只乌鸦在高处和低处盘旋。地表上没有任何水的迹象。胡杨们相互间隔都在十几米以上。作为树，它们是孤独的；作为林，它们似乎更孤独。希望里有雨露，希望里有肥沃，处在半干枯状态下的胡杨，用粗壮的主干举着纤细的枝条和碎密的叶片，像一张张网去抓住没有云的空气中每一缕潮湿与养分。白云晨雾这种亘古的印象，成了盐碱烙在胡杨树上的灰白色的苍茫与沧桑。

一种树为了天地，长在它本不该生长的地方。

一种人为了历史，活在本不该他生活的地方。

一种人和树的沙漠戈壁有尽头。

一种人和树的沙漠戈壁没有尽头。

兵团人与胡杨实属殊途同归。在紧挨着原始胡杨林的地方，兵团人又挖掘出一道道深深的壕沟，他们又在向自然的极限挑战，又要向沙漠索要耕田。有胡杨在，就有

兵团人在，因为他们的质地完全一样：一半是天山，一半
是昆仑。


（此篇为换笔后用电脑写作的第一部作品）

一九九九年九月于汉口花桥

# 独木何以成林

在一块石头都活得无比艰难的沙漠，一棵树活得很好。

不仅很好，那一棵树还活成了别人的活路，活出了别人的活法。

行走在无比瑰丽的塞罕坝林海中，任何一棵树，任何一根草，任何一朵花，任何一滴露，都能招引出内心深处某种能量的隐隐奔突。这是自己第一次来到这个地方，也是第一次知道这个地方，眼前却分明浮现出熟悉得不能再熟悉的熟悉，同时心里在感受着亲切得不能再亲切的亲切，这熟悉与亲切，不是前世，不是轮回，不是重生，是实实在在可以的拥抱、可能的拥有和可爱的存在。

　　比如，那被林海紧紧掩藏的亮兵台，历史说的是一个王朝的强盛，并将那赭红色巨大山石做了一代大帝，壮硕的落叶松横竖成行，确实有着无敌大军所向披靡的威风。公元一六八一年，从康熙大帝开始，直到嘉庆皇帝驾崩前三年的一八一七年，一百三十多个春秋中，有百万八旗子弟来此秋狝八十余次，共计千余天。几代帝王在此林深树密飞禽走兽多多之地，用狩猎替代实战，为的是训练八旗子弟护佑朝廷的本领。由此，我想起另一番情景。一九九八年夏天在喜马拉雅山上的查果拉哨所，见识一位年轻的士兵，那位士兵在这世界最高的哨所上守卫两年，终于下山回到位于日喀则的军营后，竟然抱着一棵大树放声大哭。在那海拔五千三百一十八米的高度上，除了偶尔可见的苔藓，任何一棵略带绿色的草，都像平常家族中的高祖那样，极为罕见。共和国军人眼中的泪渗透着对生命本质的爱。只要有这份爱，即使生命禁区长不了树，心中也怀有偌大森林。反过来，一个人的王朝，秋狝声势再浩大，也还是朝不保夕。

　　又比如，林海中那被诗歌致敬为伟大的寂寞，一秒钟也不放过峰巅之上的看山小屋。一值守就是十一年的三口之家和一值守就是十二年的夫妻，与世隔绝的四千个日日夜夜，与残酷只隔着一道森林防火线。这样的现实，如果不是亲眼所见，实在令人难以置信。二〇一六年夏天，去到星星点点散布在南海上的几座小岛，那是真正的弹丸之地，在父母之亲的鄂东山地与江汉平原，随便哪块忘了插秧的田头、不记得种棉的地角，都比它们的规模大。身在南海，这种粗心大意的疏忽绝对不可能发生，哪怕是只供浪花嬉戏的一块礁石，都是命中注定的国门巨锁。或夫妻俩，或兄弟仨，用来自祖国大陆的泥土与淡水，一棵树种一年，两棵树种两年，硬是将被苦咸海水泡了十万年的海滩变成伟大祖国的绿色明珠。南海上最大的寂寞是让人显得过于渺小的惊涛骇浪。塞罕坝林海的最大敌人是火灾，为防患于未然而对任何烟火保持警惕的看山人，最大的寂寞偏偏不是将青烟当成狼烟，而是当成千年等一回的某种亲情。

　　还比如，一九九九年夏天，第一次去新疆的塔克拉玛干，在茫茫沙漠中遇见一棵无限苍凉的胡杨，当时很大的风沙吹打在汽车车身上，发出极为夸张的噼啪声。我很努力地钻出车门，迎着风沙去看那胡杨树，潮湿的眼眶无法变成心灵中的小小气候。在随后的记述中，我奋力地写了一句：独木的意义，不用成林！在塞罕坝这里，真的印证了那句不是名言的名言：隔壁的诗人是个笑话。独木不成林，这隔壁的千古真理，也成了塞罕坝的笑话。不是塞罕坝人不恭敬，也不是塞罕坝人没有学问，实在是由于有些真理没有做到放之四海而皆准。真理一旦有了偏颇，就成了塞罕坝人最早试种的那些来自西伯利亚的树苗，要么成为失意的淘汰者，要么干干脆脆、利利索索地成为不含轻蔑意味的笑话。

天交立秋，上午出门时，阳光还是满满的夏日情怀，走过吐力根河上的一处河口，穿过一道几公里长的白桦林，远远地看了几株种在某个林场女工窗前的虞美人一眼，一场秋意浓浓的大雨便不期而至。一蓬蓬的山丁子迅速将明晃晃的鲜红，变换成幽幽如紫。一团团缠在白桦林梢的清云，顺着我们的眼皮眨一下就变成浅雾，再眨一下又变成了雨幕。一垄垄的向日葵，并不是失去方向，反而更加坚决地面向大地。山坡上、平野里，所有落叶松、樟子松和云杉，将身上的针叶尖尖尽数挂上小水晶球。

来塞罕坝三天了，从最低的吐力根河谷到最高的望海楼，从一年生的指尖大小的树苗，到与林场同年同月同日生的参天大树，从足够两只老虎分封领地的整个林区，到一只用来预警森林病虫害的区区试验笼箱，从一套可以看清五十五公里外车牌号的高清监控设备，到一座可以透视六十年前奋斗历史的窝棚，一切的人，一切的事，都在指向那一棵树。如此，来塞罕坝的第三天也就理所当然地奔向那一棵树。天空不早不晚地降下这场雨，似乎是在刻意强化那一棵树的不同凡响。

按最早降雪和最短无霜期的年份计算，再有半个月，到了八月底或九月初，这样的雨有可能下成鹅毛大雪。恰好是半个月前，我在唐古拉山下的三江源地区遇上一场大雪，在那一片树叶也不曾有过的地方，再柔软的雪花也会生硬地砸在地上。雪花砸在脸上清凉地痛，即便这样，我也不会想念任何一片树叶，因为在那片名叫可可西里的地方，除非像旗帜一样用手高擎起带有体温的树叶，否则，纵然望穿二十万只藏羚羊的柔美腹部，也找不到一片绿叶的踪影。半个月前，站在藏羚羊站过的地方，我不敢想象，如果眼前遍地青枝绿叶，万里长江将会退化为何种模样。半个月后，走上兴安大岭，又是不敢想象，如果没有眼前这无边无际的人造森林，六十年来的沙暴会将北方大地肆虐成怎样的惨不忍睹？

　　大雨落了不到两个小时，皮肤上的感觉便从初秋的清凉进入到深秋的寒噤。身在塞外大漠，这雨落下时自由自在、没完没了的样子，有点不同寻常。浩瀚的浑善达克沙地，曾经是著名的有水沙漠，那些个深不见底的水泡子后来终于见底了，那些个暑天冰凉沁骨的泉水河也成了烫手的流沙沟。曾几何时，塞罕坝同样渴求一水而不得，似现在这样，被大雨追着撵着满森林团团转，三天两头成一回落汤鸡，实在是前辈人求之不得的美妙。如果北方沙地上的雨全部落成这种样子，五百倍于塞罕坝的浑善达克大漠，也会变成五百座如塞罕坝般的绿洲。绿洲的魅力令天上的云雨也难以自禁，好不容易才有的积雨云，分明应当落在别处，偏偏宁肯多走上一程，非要飘飘荡荡地来到塞罕坝。自从有了绿洲，塞罕坝年降水量比附近地区多出五十毫米，比整个浑善达克大漠的年平均降水量多出整整一百毫米。

在塞罕坝，有雨的日子让人人美妙得如同微醺。去往那一棵树的路，塞罕坝人说，闭着眼睛也不会走错。像是真的陶醉了，那个在塞罕坝当过十八年教师的女子，坐在车上，眼盯着前方的路，还是走错了，不止错一次，还错了第二次。女子很惭愧，作为塞罕坝的主人，竟然将塞罕坝的客人带到塞罕坝之外，而这本是一眼就能看见分野的。女子只怪自己，没有怪那雨，那让人看不清路的大雨有一千种好！一万种好！一千种不好和一万种不好，都是自己的不好。一旦怪罪错了，下一次雨不往塞罕坝落了，那才是最大的不好。不只是那女子，只要一提起雨，塞罕坝人立即表现出明显的崇敬，还连带说些关于左邻右舍的好话，仿佛言辞稍有不逊，在相同气象条件和相同地理环境下，好不容易比别处多落下来的那些雨，就不会再有了。

塞罕坝的雨来自九天，却带着鲜明的塞罕坝标记。从朝霞消失后开始，到晚霞升起来时结束，中间只消停了半小时。而这半小时，刚好让我们用来第一眼望见那一棵树的树梢，再在那一棵树下完成所有礼赞。那一棵树下密密麻麻尽是徘徊的脚印，偶尔也有明显深入地下的脚印，那是像我们这样与大树一同驻足的伫立者留下来的。我没有寻找，也从没有过试图寻找的念头。六十年过去了，在这荒草稀疏、黄沙滚滚的大漠上，除了眼前这棵树，一切印记都不可能保持六十年。在没有任何人工措施的前提下，就算放一块石头在地上，别说六十年，只要六个小时，那石头是不是原来的样子，都无法确定。唯有这棵六十年前发现的大树，一直保持着雄姿孤立于荒原。它曾遭到雷电闪击，那是最近这个以六十年为纪年单位之前的事。因为坚守于风口，它曾被日复一日的沙暴弄得伤痕累累，那也是最近这个以六十年为纪年单位之前的事。至于六十年前还有多少个六十年，那些至关重要的印记，已长留在历史的记忆中了。

　　对林海一样的塞罕坝来说，这见证旧时王朝兴衰的唯一的树，这为纪念曾经莽莽苍苍的原始森林而幸存的唯一的树，还有什么值得它在年年少不了一百六十几个大雪

纷飞的日子里不减苍碧？还有什么需要它在年年六十几
个沙暴滚滚的时光中独立标志？或者呀或者，也许啊也
许，在岁月的老虎牙齿下有幸存活下来，在时光的钢刀利
斧中侥幸逃出生天，哪怕是一根草也会具有大使命，何况
是方圆数千平方公里以内仅存的一棵大树。我宁肯相信，
正是为着六十年前的那一天，在原始森林生长了两百年，
又在由原始森林退化而成的荒漠上生长了两百年的这一
棵树，才站在那里一年年地痴情等待，直到终于等来了自
己要等的一群人。

　　驻守查果拉哨所的军人将一棵白杨树拥抱成故土亲
人的爱与爱情，南海小岛上的渔民夫妻将一棵椰子树拥
抱成对大陆和祖国的深深思念，塔克拉玛干大沙漠中的
我将一棵胡杨树拥抱成用来流芳的诗歌情怀。六十年前，
一群以塞罕坝为名义的人，紧紧拥抱着这棵在荒漠上独自
生长了数百年的落叶松时，所表达的是坚毅、坚韧和坚定，
是科学与经验的决断与求是，也是如今塞罕坝百万亩人工
森林的前世、今生和未来。

　　这棵树叫一棵松。当地人说一棵松时，并不是说这

● 塞罕坝人工林海中的"第一树"

棵树，而是指围绕这一棵松的前不巴村、后不巴店的偌大一片荒原。黄山没有因为那棵黄山松而被称为黄山松，泰山也没有因为那棵泰山松而改名为泰山松，华山当然也不会因为那棵华山松便改名为华山松。别的地方是树随地贵，塞罕坝这里是地随树贵。一棵松的作用大了，影响大了，名气大了，这地方便跟着叫起了一棵松。后来者怀着神秘的向往，站在一棵松的荒野上，寻找那一棵松。最终站到一棵松树下，用潮湿的双眼望穿连绵不绝的林海，找到那些以一棵松为榜样的云杉、樟子松和落叶松，还有那用深藏在林海的每一棵树下的泉水，汇聚而成的永远不再干涸的七星湖、羊肠河、撅尾巴河和吐力根河。

　　相对这只有短短六十年的塞罕坝林海，这唯一的老得不能再老的沙漠大树，是祖先一样的存在，却不是祖先。这唯一的霸气得无法再霸气的荒原生物，是霸王一样的事实，却不是霸王。这唯一的执拗得不能再执拗的旷野灵魂，是神仙一样的奇迹，却不是神话。所以，塞罕坝人才用既朴素又普通的称呼来称呼这棵落叶松，为塞罕坝百万亩林海中的"第一树"。

　　做祖先容易，只要活过了，死后多少年，祖先的身份也变不了。做霸王也不难，打胜仗时皆大欢喜，失败了也还可以称之为是成功之母以图卷土重来。做神话则是最容易的，有人愿意传说就传说，没人传说时，也不会有任何实质性损失。做人做到第一很不容易，第一是一种以身作则，用自己的一点一滴作为典范，任何时候，任何情境，第一的意义并非荣誉而是起点。在第一之下，身后必须有从第二直至千千万万的其他人。做第一树，也必须有从第二棵树直至绵绵延延许许多多的树才行。

　　这样的第一，是中国工农红军万里长征的第一步，是中国成功爆炸的第一颗原子弹，是深圳特区那样现代中国发展的第一桶金，是永暑礁那样中国海疆的第一哨位。所以，做祖先首先是论资排辈，做霸王的是权大利大，做神话只是一种文化审美。唯有做第一，必须经得起从第二开始的无数证明与考验。通过无数考验后证明，万里长征的第一步是中国革命的真理，第一颗原子弹爆炸是中国科学进步的真理，深圳特区的第一桶金是中国经济大发展的真理，永暑礁第一哨位是中国走向富强的真理。

塞罕坝上的第一树，同样是一种真理。

这样的真理是用来表明，无论是人还是树，抗得住一年六十几天的大风天气，耐得住一年只有六十四天无霜的日子，受得了一年七个月的满地积雪和最低达到零下四十三摄氏度的低温，经得起一年平均蒸发量约一千四百毫米的枯旱，所有这些堪为典型的半干旱半湿润寒温带大陆性季风气候，要实实在在地不在乎，而不会露出半点破绽。

真理之树常绿。六十年前，这个真理看上去只是帮助塞罕坝发现真正适合栽种的树，本质上是替塞罕坝发现了塞罕坝，前者是枯黄沙漠的塞罕坝，后者是绿色林海的塞罕坝。常绿的真理之树，说明了自然界一个极为简单但常常被人搁置一旁的知识，能够生长第一棵落叶松的地方，就能够生长第二棵落叶松、第三棵落叶松、第四棵落叶松，直至让同样的沙漠上长满相同的落叶松。还有一个知识，也是人所熟知却是人所难得做到的。这个世界不曾有过会自由自在地跑到沙漠上生长的树。尽管塞罕坝有过原始森林的历史，然而，那些人称死亡之海的，哪个不是脱了原始植被的胎，换上令人谈虎色变的沙漠之骨！

身为塞罕坝第一树，也不是在沙漠上生根发芽的。

塞罕坝第一树见证了一个王朝的兴衰，也见证了一座原始森林的兴衰，从六十年前的那一天起，又开始见证自身的兴旺。见到塞罕坝第一树之前的那个黄昏，曾登上这里最高处的望海楼。在我的故土家乡，这样的森林瞭望台都被称作看山屋。塞罕坝的看山屋，同样看的是山。在望海楼上看山，目光所及，与自己曾经见过的东海、南海、地中海、印度洋、大西洋、北冰洋和东西太平洋等毫无二致。天下大海，每一朵浪花都是上天的恩赐。眼前的林海，每一棵树，每一根枝条，每一片叶子，都是由塞罕坝人一手一脚地栽下去、扶起来，小的时候一勺勺地浇水养育，长大了还要一个个虫子地消除病害。老天爷所能提供的帮忙，是夏天下点雨，冬天积些雪，除此之外，便是用云遮雾障来掩饰过往历史，不让后来者回到这林海的源头，不再提及大自然与历史曾经合谋的劣迹。

六十年可以是人的一生，用一生与一草一木做伴的塞罕坝，有太多的事令人难忘，有太多的人令人赞叹。在

所有听到、看到和读到的人与事中，最是一句话令人暗自
泣泪。从塞罕坝下来，在围场县城那个名叫六十三亩的
小区里，见到几位塞罕坝林场的老人。六十三亩本来只
是塞罕坝林场在大雪封山后于山下一块立锥之地的面积，
也是长年累月植树造林习惯使然，塞罕坝人理所当然地将
其当成了地名。创业之初，老人们正值青春年少，问起那
时最难的事情，有人不假思索地脱口说道，最难的事是
说白天干的事就白天干，说晚上干的就晚上干。也有人说，
冬季栽树最难，山上都冻成了冰，先是无论怎么费力也爬
不上去，好不容易爬上去了，等到要下山时，又无论如何
也下不来。实在没办法了，只好将铁锹往怀里一抱，人坐
在地上，从山上一直溜到山下。说完之后，再有人补上一
句，其实这也挺好玩的！说话时，那些沧桑面孔还露出浅
浅一笑。人生最苦，莫过于苦中作乐；生命极难，莫过于
视死如归！将往日的苦难当成一种笑谈，所达到的感动，
才是千金不换的人生真谛。

　　塞罕坝的山岭与平野，没有哪一棵树不是由小手指
大小的一年生树苗长大的。在伺候过这些树苗的女人的

日子里，同样是生长在塞罕坝，一年生的树苗比一岁的孩子幸福，两年生的树苗比两岁的孩子幸福，三年生的树苗比三岁的孩子幸福。一岁的孩子总是被母亲用布带系在炕上，任由其翻来滚去，只要不掉到炕下就行。两岁的孩子会走路了，母亲会用布带将那小人儿系在拖不动的家具上，任由其在屋子里的空地上做孩子想做的事。三岁的孩子用布带系不住了，要么将孩子反锁在屋子里，要么敞开大门，任他们小猫小狗那样随便干什么去。女人说，孩子有毛病了就会哭叫，树苗不一样，既不会哭，也不会闹，等到发现有毛病，也就没办法治了。所以，塞罕坝的女人会想尽一切办法不让树苗生病出问题，却不记得亲生骨肉何时有过高烧腹泻，有没有被外面的锋利之物弄得皮开肉绽。

　　也是因为树苗，那位刚好八十岁的老人说起闻所未闻的"假植"，六十年前，在没有弄清楚一年生的树苗想要安全过冬，必须让植株完全木化的奥秘时，只能将苗子从地里拔起来，放进专门的地窖里，铺一层树苗，再铺一层沙土，再铺一层树苗，再铺一层沙土，唯有如此才能确保树苗不会冻死旱死。一座分场一处地窖，一个冬天只有一个人照看，这个人往往是最年轻的，在大雪封山之前，没有成家的年轻人必须将大半年的日用食物贮备好。从大雪落下来，到来年冰雪消融之前的七个月里，再无第二个人出现。每天太阳不出山，再大胆子的男人也不敢开门。太阳出山了，男人才会挑上水桶，到附近有水的河里，砸开冰层，一担担地挑些水回，洒在埋有树苗的沙土上，不使树苗因为脱水而干死。六十年后，说起这些，老人的眼神中还有二十岁的忧郁在闪烁。

这个国家，这个民族，这个时代，总有许多人和事，令公众心生感动。一九九八年夏季的大洪水洗劫万里长江上的簰洲湾时，那棵在用自己的九死一生来拯救一个小女孩于九死一生的大树，并没有因为这样的表现而成为植物界耀眼的明星。南方的天时地利，插根扁担在地上也能开出花来。南方的树，只需要塞罕坝这里三分之一甚至更少一些的时间就能长大到可以挽狂澜于既倒。北方的塞罕坝，北方的树，从第一棵到第无数棵，树树皆有阻断风沙之功勋，棵棵都是改变地理天象的英雄。这样的功勋，这样的英雄，纵然数目多如星辰，也不妨碍这里成为北方的胜境美景。原因是这用青春梦想和壮年岁月一锹锹造就的百万亩林海，这六亿多棵比原始森林更令人惊心动魄的参天大树，无一不是塞罕坝人用汗水和泪水培育长大。

以对自然的不屈来表达对自然的无上敬畏。

以对人生的决绝来表达对人生的无比热爱。

常说树有多高，根有多长。那山的自然有多高？那水的人生能流多远？塞罕坝上敢问，谁说独木不能成林？这个世界更要懂得，独木何以成林。

二〇一七年八月十一日于塞罕坝返回东湖途中

# 树大山河远

　　仅仅就生命力来判断，这个世界上，走得最远的不是两条腿的人类，也不是四条腿的动物，更不是长着成百上千条腿或者索性一条腿也没有的爬行类长虫，甚至都不是长着轻盈翅膀满天满地翱翔的飞鸟，而是狂风暴雨、山呼海啸也卷不走的那棵树。

　　如果不是身临其境，很难相信，那棵树竟然已站立在风雨飘摇的世界，让摇摇摆摆的人间朝着它行走了三千二百年！三千年前，由西周都城丰镐西出二百公里，抵达那时叫作西戎的平凉！两千年前，由大汉皇城长安西出二百公里去往那时刚刚不再叫义渠的平凉！一千年前，由五代名城大安西出二百公里来到名为大原实为野树萧条的平凉！而今天，由西安西出，依旧二百公里，追随雾中寒雁，去到平凉那号称陇首地界的一处山坳，只为一睹"初唐四杰"之卢照邻诗里写的马系千年树，也许还要生长两个三千二百年，到那时就会有诗重写马系万年树的那棵树！

一棵树生长得久了，便有哲学上的意义。无论相信还是不相信，人是树的命运，树也是人的命运。去平凉的路上，每隔一阵，就会有人提起那棵树，其间有见过那棵树的，更多是没有见过那棵树的。无论是见过还是没有见过，只要提起那棵树，从没有一连说上三句话的。与此行同样要去的公刘故里、崆峒山、大云寺和泾川人遗址相比，提及那棵树的次数最多，所说的话却是最少。事实也是如此，一棵树再古老，又有多少可以说的呢？纵然世界上没有两片完全相同的叶子，也没有两道完全相同的年轮，总不能将看得见的每一片树叶、看不见的每一道年轮全都唠唠叨叨地说上一遍吧？

好像是为了弥补语言的稀少，而想到别的树。二十世纪九十年代，第一次去西藏，在海拔五千三百一十八米的查果拉哨所，放眼望去，不要说见不到一棵树，就连紧贴地面的花草也难得一见。在勉强带点绿色的苔藓也朝不保夕的地方，那种在两指宽的石头缝里开着蓝色花的骆驼刺，是整个哨所唯一与森林相似的风景。哨所里的一位士兵，因为生病，好不容易才从山上下来，到了日喀则，一下车就像抱着亲人一样，抱着医院院子里的一棵白杨放声大哭。哭过了，治好了病，士兵又重新回到那座永远也不可能长出树来的哨所，将自己站成迎着冰霜雪雹的最坚强的白杨。平凉所处的黄土高原与青藏高原无人区是近邻，那位在查果拉主峰值守的士兵，是否知道邻居家有如此大的一棵树并非关键，重要的是自己熟悉和不熟悉的树，全都栽种在人在哪里就有沃土在哪里的内心之中。

没有叶子，也没有年轮，只有在大地上无限深扎的根须。这样的树，冰雪冻断弓弦，也冻不断一根枝条，台风吹折旗杆，也吹不掉一片叶子。由平凉漫卷开来的黄土高原，由查果拉舒展出去的青藏高原，有太多长不出树木的山野沟壑和坡滩。那种被烈焰暴晒、被海水浸泡的岛礁，同样是一切绿色植物的天敌。在没有见到平凉那棵树之前，人心就是那棵树。而在没有树的地方，人就是树，树即是人。

那年七月，国际政治风云诡谲之际，先后登上南海中大大小小十几个岛，其中的赵述岛，从前礁盘暗隐，偶有露出水面的地方盐霜如雪，寸草不生。上岛之际，已是郁郁葱葱，最大的树都有碗口粗细。等到自己拿起铁锹，捧起树苗，将一株椰子树小心翼翼地栽下去，才体会到小苗长成大树的意义。那些培在幼小树苗上的熟土，每一粒都是由海轮从千里之外的大陆重载而来，珍贵到哪怕被海风吹起些许灰尘，也会像丢失黄金那样令人惋惜心疼。那些浇在干枯树根上的清甜碧水，每一滴都来自千里之外的江河。那经由大海一船船航运而来的淡水，哪怕同样由自来水龙头里喷涌而出，也珍稀得使人不敢捧上一捧冲洗满脸汗渍。对于树，这些来自北方海平线之外的水与土，既是乳汁，也是血脉。对于北方海平线之外的大陆，这些生长在天涯海角的小树和大树，既是城堡，也是要塞。种在岛礁上的小小椰子树自然成了一种牵挂，春花开时会想，秋叶红时会想。在一切牵挂面前，种下才三小时的树，与历经三千二百年时光、古老得已经不好意思再提栽种二字的树，其意义了无区别。

　　毫无疑问，天下之树都生长在原野的空白处。平凉这地名，命中注定是为那棵三千二百年的大树腾出偌大空间。壮游不可无诗，登山总得见树。平凉那棵树，仅次于天下第一的轩辕庙内轩辕黄帝亲手所植轩辕柏，又仅仅次于天下第二的浮来山定林寺内那棵银杏树。在五千年的轩辕柏和四千年的定林银杏面前，三千二百年的平凉国槐，虽然贵为天下第三大树，仍然不能例外。那里的山不是太突出，那里的林木也不招人显眼，刚好能够结结实实地与那棵树合为一幅原野宏图。

　　还有一种树，专门生长在记忆的空旷处，一不小心，就雷鸣电闪狂风暴雨般冒出来。二十世纪七十年代初，高中刚毕业，就成了岩河岭水库工地上唯一的施工员兼技术员。当年工地上的样子，偶尔在脑子里一闪而过。那时候的乡村，农业上的事全靠人力，库容才十几万立方米的小型水库工地，拥进来不是青年就是壮年的一万多农民，吃的喝的不说，仅仅将各种食物煮成熟食所耗费的柴禾就很难解决。任谁都只能睁只眼闭只眼，看着众多刀斧将附近的山头砍伐精光。在吃是第一件大事面前，水库建成之日，也即是四周山野寸草不生之时。四十年后，有机会寻访故地。双脚踏上水库大坝之际，一阵震撼，突如其来！一方面是当初曾经公认水库四周植被一百年也恢复不了，才四十年，重新长成的森林比当年更茂密；另一方面是坝顶东边的小山上，长着两棵比其他树木粗壮许多的硕大松树。望见两棵大松的那一瞬间，眼睛忽然迷蒙了，那种潮湿的出现，令人格外舍不得擦去。没有半点犹豫就回想起来，这两棵松树正是当年那些早已作了薪柴的森林中的幸存者，之所以没有变成灶膛里的火焰，与两棵大树当年尚且弱小无关，而是在小树的半腰上挂着两只硕大的高音喇叭，一只向着山上，一只朝向山下，从早到晚，用最大音量发出指令，引领工程建设。说不上是天降大任于斯，分明只是尽力担起自身职责，压力之下，有难处更要努力挺住。当初轻轻一碰，小树就会飘摇欲断。四十年后，即便是一头牛撞上去，也撼不动树梢上最小的松针。那样子，接下来几百年、几千年，都会生长得很惬意。

　　几百年，在树的世界里，也就是花开花落、叶红叶碧那样的小小时光。几千年，可以让泾河清、渭水浊，辗转腾挪逆袭成为泾河浊、渭水清。几百年，几千年，可以让一大片森林毁灭成一棵树，也可以让一棵树成长为一大片森林。曾经行走在无比瑰丽的塞罕坝林海中，何止是一棵树，随时随地见到的一根草、一朵花，甚至一滴露，都能现身说法作为证明。不必去较劲有没有轮回，也不必看重所谓的重生，时光确实会在某个时间段里赋予某个事物以特别的境遇。也就是塞罕坝林海，几百年前，这里本来就是一眼望不到边的林海。同样也是几百年前，旧王朝无休无止的砍伐，将昔日林海变成了北方沙尘暴的主要源头。沙暴再狂野，真理之树也不改其常绿。六十年前，苦苦追寻绿色真理的塞罕坝人，在枯黄沙漠中央发现一棵活了几百年的落叶松。朴实的塞罕坝人，捡拾起被一些人弃之不用的日常知识，在能够生长落叶松的地方，种下第二棵、第三棵、第四棵，然后是第两千棵、第两万棵，甚至是第两千万棵和第两亿棵落叶松，直到让那片人称死亡之海的北方沙漠，变为近乎原始植被、水草丰美、林木茂密的旅游胜地。这是由天下最孤独的一棵松树，在渺无生机的荒漠上生长而成的奇迹。若不是怀有真理，没有哪种树能在沙漠中独自站立几百年。平凉城外的那棵树，一站就是三千二百年，反而越来越不像真理，越来越像是一个游走在乡野之中的说唱艺人。这样的艺人，在喜马拉雅山唱的是《格萨尔》，在阿尔泰山唱的是《江格尔》，在神农架唱的是《黑暗传》。

戈壁滩上有种活一千年不死、死一千年不倒、倒一千年不朽的胡杨。任何一棵树，从无形到有形，从生机到死讯，从短促到长生，都会给大地长空留下显著的风景与轨迹。黄土高原上的春天，牡丹花开在农家小院里，哪怕只有一朵，也格外富丽。那百万亩的苹果花，实实在在地改变了沿途风尚，还没开始挂果，山山岭岭就有一股苹果清香在弥漫。再将崆峒山走上一遍，对那棵还没来得及见着的大树的向往，免不了使人心生神秘意念。相比那些写满传说的相思树、同心树、珊瑚树、杪椤树、蟾宫树、梧桐树、菩提树、丹青树、龙血树和圣诞树，在傍晚时分，出现在晚来春风里的那棵大树，是比传说更令人仰慕的青史！

● 平凉市崇信县锦屏镇关河村的一棵古槐，
树龄 3200 年，树冠东西宽 34.2 米，南北长
37.7 米。树上寄生着杨树、花椒、五倍子、
小麦、玉米等 9 种植物

在平凉城东的锦屏镇的一处山坳，一切都是那样平凡，除了那棵树，万物都不曾有丁点异样，下了车，走上百十步，首先看到的树梢，毫无二致地正在生长着嫩芽。走近了些，又能见到大大小小繁复如蛛网的树枝，正貌不惊人地由冰天雪地染成的深褐色，逐渐过渡到花香四野时浅浅淡淡的灰黛。走得更近时，那粗壮的主干像是一堵老旧的城墙，找不着那扇门就无法入得其内，只好低头环顾，看看如何绕得过去。过后再想，如果有谁冲着那棵树山呼万岁，才是咄咄怪事。绕着那棵树走了一圈，又走一圈，然后再走一圈。一圈圈走下来，再看那棵树，这才有些明白，为何偏偏这叫国槐的大树，能够一口气生长三千二百年，至今还是如此生机勃勃。三山五岳之上，五湖四海以内，除了国槐，再无冠名以国来称其他树木的，即便是数不清的文人，写下数不清诗词的松柳梅，也难担当如此桂冠。

黄山的怪石云海与十大名松很般配，华山的奇峰幽谷正好用侵天松桧来点睛。九华山中的凤凰松，恰似九华山的仙风道骨。荆州城内的章台古梅，不是楚国遗物，如何符合关于楚灵王的传说？山是一种生命，水是一种生命。山水生命是生机盎然的万物给的，包括人，包括兽，包括花卉和菖草、苔藓与地衣。任何一棵树，哪怕只是今次春季才露出三五芽叶，还不及小草高矮的新苗，都是这样的证明。平凉地界上的这棵名为国槐的大树，用苍穹之根直接吸收过《三坟》《五典》的智慧，用坚硬身躯直接容纳下《八索》《九丘》的文脉，用婀娜枝叶直接感受了《诗经》《乐府》的深邃与高翔。接下来，这三千二百年后的今天，每一个来过又离开的人，都成了这叫国槐的大树的行走。还有长空中的风云，还有天际里的鸿雁，甚至还有当今世界无所不能的互联网，都能使这棵大树朝向更远处。而最能与大树一同到达远方的，有岩河岭水库坝顶那两棵于偶然中体现必然的小树，有塞罕坝荒原上孤单活到能使独木成林的老树，有南海深处岛礁上仰赖千里之外的淡水与熟土才能存活的新树，更有查果拉哨所旁那没有树的树！

二〇一九年五月二十五日于斯泰苑

# 净隐不可说

 豫北平原与太行山南麓的连接处是一部地理奇书，一边是漫不经心的平阔野地，一边是故作惊人状的万丈高崖。去红石谷时，常常有一种不自觉的动作，会下意识地收一收左肩，让身子往右边躲闪一些。大约是车行方向有所改变，接下来前往竹林七贤旧迹的路上，动作还是这几个动作，左右位置刚好交换过来了。这一来一去之间，一左一右变换的感觉，倒也符合天地阴阳习惯，有虚必定有实，有高肯定有低，所以，一座云台山既然造就了赫赫红石谷的山与岭、沟与峡的奇峻深幽，必定会信手拈来一段竹林七贤诗经般意蕴情景。

 山用平原作为尽头，平原将山当成极限。

人在这样的地理中，时常措手不及。

颠来倒去，最苦的是飘来飘去的云。在别处无论怎么飘浮都不失气度，一到云台山前就乱了方寸，还没弄明白所为何来，就在壁垒的山石上撞得头破血流，再不小心又会让一马平川的平野迷糊得眼花缭乱。想一想还真是这样，那些从淮北出发、一路北上的长云，其惯性早已超过本来速度。云台山的突现宛如泰山压顶，没有紧急制动装置的云，身段百般柔软也没用。运气好的还能用云的残骸做成一抹轻纱披在树梢上，运气若不到位，十有八九会被直截了当地生生塞进一道石缝，再被冷酷无情的巨石挤压成一滴水，随手甩落在花间叶上。那些从晋南鲁西来的高云也好不到哪里去，一座座山峰像巨掌一样将其托举得高至天边，不曾料到云台山是刀削斧砍而成的陷阱，一直是高蹈的身姿，还没做好猛地撤下舞台的准备，就不得不接受无可挽回的坠落，变成无边无际的青纱帐里的一缕潮湿。

我们、我们的汽车、我们的心情就是这样的。从红石谷的山水杰作开始，又从竹林七贤风流旧迹出发，汽车走走停停爬了大半天，一路惊悚，一路开怀，好不容易攀上千山万壑最高处，心跳还没有恢复正常，一朵乌云迎面挡在路中央，乌云后面更有一面看不到边的绝壁悬崖。从乌云中掉下一些大而无当的雨滴，砸在汽车前挡风玻璃上时，车头猛地向下一沉，砸在前方的公路后，公路也猛地向下一沉。车随路，路随车，整个车身和整条公路顺着山体急速沉降，肉眼能及的东西呼啸着沉沦下去，待回过神来，我们的世界已经处在一处山谷底部。一直横亘在车窗前面的山山岭岭，也换成了一座禅色分明的净隐古寺。

不等我们看清楚古寺模样，以那些大而无当的雨滴作为先导的暴雨就倾泻而下，那架势相比我们乘坐的汽车从高山上猛地降下来的样子有过之而无不及。汽车还能通过动力系统和制动系统加以掌控，暴雨一旦开始落下来，谁也拿它没办法，只能任其将该任性的全部任性完，将需要发泄的全部发泄干净。

与暴雨同时到达山谷的还有黑夜。除了门外的竹林，看不到任何其他物体。

这南方最常见的青竹，被北方夜雨弄得似是而非。

一点点的灯光，只够洒在伸得最远的竹叶上，还必须是竹叶保持静止状态之时。雨下得那么大，即使在南方，一年当中也难得见上几回。又急又重的雨滴轮番打在竹叶上，分明是不给机会让灯光打扮竹叶。净隐之地想必不在乎有没有灯光，而在乎有没有古道心肠。陪同的朋友一边说，雨天好休息，一边却拉着我从偌大的雨帘中钻进另一处小院。那么大的雨，两把伞都挡不住，只为替他们写上四个字：净心正影！自年初左右手拇指先后患腱鞘炎，已有半年没动毛笔，有此四字美意，到底还是忍不住了，哆哆嗦嗦运笔，颤颤巍巍弄墨，写完再看，还真是雨夜写的，从起到止，由挥到落，别的没什么好说，处处滋润却是前所未有。搁下笔，收起纸，再回住处，正赶上暴雨稍歇，沿途尽是漂浮在路面上的先前被暴雨打落下来的灯光残骸。

　　屋檐上夜雨如注，天黑之前能看见十几米外的断壁，在深深的黑暗中发出汹汹的大水声，感觉四周早已成了瀑布，住处四周的动静，既像是贵州的黄果树，又像是黄河边上的壶口，还有点像三峡大坝开启了泄洪闸。一夜水声，将梦乡淹了一次又一次；一夜雨响，将长夜敲碎成一段又一段。随着天亮前落下最后一滴雨，加上突如其来的一声鸟叫，窗外突然出现的寂静，宛如一天到晚高声高调爆粗口的邻居忽然沉默不语，万般无奈又不得不习惯于此的感官竟然有些不适应，反而觉得那不知名的鸟儿，偶尔清脆婉转献上的晨曲，是那另一种恨别鸟惊心。

夜里外面世界漆黑得可以忘记关上窗帘，黎明的山谷因为太静才更容易打扰人。先前得不到满足的睡意有多么坚定，早起的欲望就会有多么浓烈。待收拾好自己走到窗外才发现，唯一可以结伴的是那赏心悦目的清晨。

信步走开，没几下就到了净隐寺。再走几步，就是将净隐寺围绕得密不透风的万丈悬崖。继续走下去，悬崖上生长的各种植物脉脉地伸过来，正如温情初恋想牵手却又含羞于咫尺之遥，随着小路的每一次弯曲，或是与悬崖面面相觑，或是与悬崖若即若离，都是有情人之间某种特别情愫的下意识回应。那用一夜暴雨凝结而成的巨大露珠，不是映照山水而是山水本身。每一枚露珠都配得上一次驻足，也配得上在一枚露珠面前对另一枚露珠的深深流连。也是这山谷太安静了，那些偏爱热闹的

● 净隐寺附近的峡谷

花，比如桃，为了幽绿的枝与叶，早早抛离了骚艳的红粉。都说每走一步就能碰上一只猕猴，已走了许多个几百步，传说中这山谷的几百只猕猴应该露面许多次了，实际上，四条腿的小动物，只遇见几只乌鼬①，两条腿加上两只翅膀的飞禽倒是有几百只。那些做了这山谷主人的猕猴，显然懂得入乡随俗，学会享受寂寞与寂静。这看上去四面都是绝壁的山谷的确配得上净隐二字。

走走停停，弯弯绕绕，重新来到净隐寺前。绕山谷一周正好三千步，感怀如同微醺，有一点酸汗，也有一点小喘。如此让人恍然有悟，从太行山深处狂奔而来的云台山，忽然遇上净隐寺时，不得不竭尽全力猛地停下来，收住了心，收住了脚，好不容易收住了最大限度前倾的身子，再将剧烈的情绪，尽数缓解成弥漫在山谷里的酸酸芬芳、隐隐喘息。

看看手表，指针正在六点上。指着清晨六点的指针，与寺门前的一座铁塔，奇妙地重合在一条线上。铁塔前巨大的香炉一反常态，既没有香烛气焰，也没有香烛烟熏。

———
① 一种皮毛颜色较深的黄鼠狼，当地人称为乌鼬。

一夜暴雨，将铁塔洗得清清爽爽。

迈出三千步的第一步时，净隐寺用寺门紧闭，反衬门前铁塔真如钢铁一样静肃。山崖最高处肯定有风吹过，那种位置的树叶与枝条在有节奏地摇动，山谷里不可能再静了，还是听不见那并不遥远的风声。无声无息的净隐寺，将三个字的寺名悬挂大寺上方，每每看将过去，便觉有话大声说来。真的聆听时，得到的却是古寺旁边、山根下那位孤独的习武者舞动双刀的动静。走到第三千步，一圈走圆了，再到铁塔前，那习武者已将双刀换成一杆长枪，净隐寺寺门已然悄悄洞开。

寺门大开的古寺比紧闭时更静，让人情不自禁地将跨进门槛的那一步迈得格外小心。一只麻雀在寺门后的台阶下忘情地啄着什么，细细一看竟是映在不锈钢框架上麻雀自己的影子。与麻雀做伴的是一位男人。小麻雀没有理睬我，那男人也像麻雀一样只顾忙着手上的事，或将盖上盖子的香炉打开，或将被夜雨淋湿的红布黄绢一一弄得舒展。在寺庙内行走了一遍，那男子则将手头上的事做得差不多了，与他点点头，他也会还一个点头礼。说了几句话，知道他是寺里唯一的居士，本来还有一位女居士，前些时离开了。寺里也是唯一的僧人，一个星期前去了五台山，至少还要一个星期才能回来。断断续续地，每说一句话，就觉得这净隐寺又净了几分，那在深处隐蔽着的东西也多了几分。就像刚刚见到的刻在后山岩上的那些佛像，净隐寺也是藏得够可以了，还要往寺后去，到寺后还不说，还要到寺后丛林掩映的山岩上。

没有经历低谷，也没有见识高山，只是裸隐。

既不知道低谷，也不知道何为高山，也是裸隐。

对低谷鄙夷，见高山嫉恨，还是裸隐。

再大的雨水落到地上终归是一种潮湿。

再妙的奇境其真相都在于欲有所隐，心有所净。

初夏的太阳在夜雨中洗净过，酣睡过，载我们的汽车一样洗过与睡过，那声喇叭里饱含清新味道。

离开净隐寺时，麻雀还在那里与自己的影子游戏。只一会儿不见，麻雀甚至自己教会自己玩起新的花样，不再是站在原地做些动作，开始变换各种身姿与角度，与那同样变换身姿与角度的影子逗趣。

　　等到离开山谷时，才感到佛殿后面的外墙上有几句话同样很有趣，虽然上面提示是佛经经典名句，分明是人世中常说常用的话。比如，前世五百次回眸才换来今生的一次擦肩而过。比如，人生在世如身处荆棘之中，心不动，人不妄动，不动则不伤；如心动则人妄动，伤其身痛其骨，于是体会到世间诸般痛苦。比如，我不入地狱，谁入地狱。最妙的还是那句：不可说！这些话，都可能用来体会净隐寺本身。如果是与净隐之地隔山隔水的大千世界，除了不可说，还可不说。

　　　　　　　　　　二〇一七年五月二十三日于东湖梨园

# 东阿圣品

冬至节将到未到时，东阿小城里里外外就热闹起来，大街上车辆如流，小巷中人群如蚁。从四面八方来的人，赶在这个日子来此地，有想见证一个著名传说的，更有想将这传说货真价实地买走的。这样的小繁华、小安逸，让我记起曾经写过的几幅字：小背叛、小疯狂、小痛快、小忧伤。

站在东阿任何一处，都会发怀古之幽思，从西北来的苍老烈风，经历高秋，飘过昏鸦羽翼，在半空中盘旋的模样，似乎还在凭借记忆寻找当年的文天祥。想那英豪昔日何以面对愁惨原野、萧条城郭、严霜丰草、微红扶桑，面对许许多多小背叛积累而成的大背叛，许许多多小疯狂汇聚而成的大疯狂，在东阿一带某座孤馆中稍宿一晚，便被北风吹白了头。

那座海拔八十米多一点的小鱼山，依着泛泛黄河才显得有些高度，巍峨雄浑的太行山和泰山就在眼前，水做的黄河想帮忙也无济于事，所幸才高八斗的曹子建，将一生中的大痛快和小痛快、大忧伤和小忧伤，永远安放在此。因为曹子建，小小的小鱼山，变成了一只巨大的铜釜，燃着人世上的豆禾豆萁，煮着天地间的青豆红豆。

英雄不走无名之路，才子不登无情之山。

我等专程前来，似东阿这样的小地方，引得来英雄，也留得住才子，实实在在与传说了三千年的阿胶有关。

"阿胶一寸，不能止黄河之浊。"阿胶一词第一次出现在典籍里就记载着神奇。淮南王刘安在《淮南子》中所写，明里说了阿胶的不能，但那种以一寸见方的小块阿胶，欲使千里万里黄河变清的判断，足以表明这细小物什的非比寻常，虽然没有惟妙惟肖写来，其世间万物难以比拟的不凡已经跃然。日后的王安石，借了此意，以"我欲往沧海，客来自河源。手探囊中胶，救此千载浑"来抒发情怀。与王安石在政治上互为对手的苏轼，也忍不住借此说人说事："投以东阿清，和以北海醇。"那位晚唐诗人罗隐，先后十次败在科举考场，极度痛苦的经历，让他一边发誓再不到长安，一边借说黄河现在这种样子，是从昆仑山上下来时就浑浊了的，进而嘲讽朝廷："莫把阿胶向此倾，此中天意固难明。"所有意思，无不在说世道太浑浊，就算是用阿胶一样的灵丹妙药，也只能盼着像传说那样让黄河千年一清。然而，千年后，知谁在，人生苦短，到那时又何必烦劳谁个报什么太平？后人有说这是"失之大怒，其词躁"的，以诗而论，这样评论有失诗道，以该诗的关键词，阿胶的"温柔敦厚"来辩证，却是十分正确。清康乾年间某穷汉去找江南名医叶天士看病，说自己身体无恙，只是穷困潦倒，看有没有办法治穷病。叶大夫给了他几颗橄榄，让他回家种下，明年就不穷了。第二年，橄榄树只长出了叶子，既没开花，也没结果，穷汉正觉得脱贫无望，忽然上门买橄榄叶子的人络绎不绝。原来叶天士预知将有一种时令疫病流行，药方里需要橄榄叶作为药引。正是这位叶大夫留有名言，阿胶为血肉有情之品。如此形容阿胶的，也只有如此替人看病的叶大夫。

良医不用无典之药，大药不生无良之地。

用一个夜晚铭记文天祥的东阿，用一万年时空容留曹子建的东阿，配得上阿胶这样的经典，可以吃，可以喝，可以闻，可以抚摸，可以救死扶伤，可以化腐朽为神奇，还可以读，可以写，可以品鉴人世与史实。

一个杨贵妃，金枝玉叶一样长在北方长安，却捧红了南方的枝头尤物，都一千年了，美人未见颜老色衰，荔枝也不曾香消玉殒。古今以来凡是被捧红的，不见得都捧杀得干干净净，至少有一两样装点红颜的东西会在世上流传。直道上那急如星火的踏踏蹄声，人困马乏也不敢稍稍停歇，说到底只是女人用娇美换来的一种恩宠，为了一个人的小零嘴，不惜耗费民膏民脂，也不管那江山社稷。故事很美，传说也浪漫，却于天下无益，于苍生有害。女子再好，也会任性。可以这么说，女人越好越是任性，哪怕大小麻烦临头了，也要由着小性子。话说回来，女人如果不任性，比如杨贵妃，若只是馋那长安城外的桃李杏，那就不是杨贵妃这种级别的女人了。男人可是任性不得，像当大哥的曹丕，一朝任性，才高八斗的弟弟项上人头险些落地，所幸才华横溢的曹子建硬是在阎王爷的生死簿上写成七步诗。杨贵妃的捧红与曹丕大哥的捧杀都是任性，那些不似任性的东西，比如皇权在手的哥哥，让弟弟用一诗来定生死，纵使有忌妒其才华的意思，也是为了看看弟弟的才华是不是真的高至八斗了。那杨贵妃就更有妙法，有唐诗云："铅华洗尽依丰盈，雨落荷叶珠难停。暗服阿胶不肯道，却说生来为君容。"明明是习得阿胶至美真经，却对唐明皇说，自身的每寸肌肤都是天造地设为着皇上生出来的。这样的娇嗔，不只是女人征服天下的撒手锏，更是除了亲姐妹谁也不肯轻易传授的定心丸。遍读诗书文章，也只发现在杨贵妃之外，唯有她那被封为虢国夫人的三姐，那个在容颜上一点不输杨贵妃的女子，因为觉得脂粉会玷污自己的本来面目，而素面朝天地去见妹夫，却原来也是一日三盏东阿阿胶，蓄足冶媚，取悦玄宗。

　　像杨贵妃和她家三姐这种国色天香级别的美人，都要小心翼翼地不肯示人，硬是将阿胶至美秘诀上升为皇家机密，是否传奇且慢定论，其中道理足以警醒世人，被杨贵妃捧红的荔枝，不就是街上三步一店、五步一铺，叫得响亮的那些时尚之物吗！那朴实如阿胶的，其色、其香、其形，只有意识到了，才具备血肉有情的品位，才会将这血肉有情之物，珍惜为十倍百倍的褐珍珠、乌玛瑙和黑钻石。

淮南王为着那种黄河之清的梦想，毕生都在策划如何谋反，只想着黄河清而不管自身的清与不清，这样的人尽管极其看重阿胶，若体会不了血肉有情之品，甚至还会误判为血肉横飞之物，是那当不得真的鬼逻辑，到头来于他于己都是枉然。反而是杨贵妃，婆家的唐朝没了，王安石和苏轼的宋朝也没了，那发生在唐朝，让宋朝人一头雾水，到了元朝才有人参透两大王朝都不曾领悟的核心机密，用冰雪聪明的元曲唱了出来：阿胶一碗，芝麻一盏，白米红馅蜜饯，粉腮似羞，杏花春雨带笑看，润了青春，保了天年，有了本钱。

人之貌美谁说不是生产力？以美人之心所体会到的血肉灵魂，是人人都必须面对的生命关键，越是不与人说那至关重要的诀窍，那用行云流水隐藏起来的秘密，越是润物细无声地渗透到家家户户的日常人生之中。都可以成为传说的阿胶，再神奇也只愿意用作诊疗血脉，对生命个体的强虚疏滞，不是奈何不了衰败的国运，也不是振兴不了颓废的江山，而是性质所决定，这样的物什，天造地设就是针对着最实在也最基础的那些质地。

不知是从谁开始说的，反正到最后是由李时珍做了权威的断言。在东阿，有机会伸手抚摸那比黑骏马有过之而无不及的尤物，不由得叹息，这动物界新近走红的美男美女，怎么会是一种驴？那高高大大的俊朗模样，再胡思乱想也不好意思将其称为小毛驴。一般人只知道这是阿胶之胶的真正源出，李时珍们却认为，天下之胶，取得的方法都是一样的，唯独东阿用来制胶的那口琉璃阿井里的水是别处无法拥有的，这才是阿胶那至高无上品相的根本保证。琉璃阿井不是传说，从尉迟恭代表唐太宗亲自动手封了这琉璃阿井，只供官家取用，它就一直待在原地没动。一年三百六十天，只待冬至这天，挪开井盖取出井水，以供制作阿胶。比李时珍还古老的人们就已经知道，只要数百公里之外的太行山或者泰山上下大雨，东阿这里哪怕赤日炎炎，那琉璃阿井的井水就会满满上溢，刚好高出井台一寸左右。反过来，只要琉璃阿井井口无端地缓缓流出泉水来，一连几天都不停歇，大家就会明白，太行山或者泰山那边下大雨了。后来的研究则说，这种表面上还算及时的互动效应，反映到水的层面上，则是相隔上亿年，也就是说，洒落在太行山和泰山上的雨水，一点点地往深处渗透，往东阿方向挪动，经过十万年、百万年、千万年，终于到了一亿年时，才从琉璃阿井中冒出来。看上去似乎正是那些高山大岭的及时雨，实际上时空远隔。我们在琉璃阿井旁躬身望见的那些泉水，当它们还是及时雨时，曾经淋湿过太行山和泰山上的恐龙。或者说，我们躬身从琉璃阿井中掬起的那些水，是大冰河期之前的某只大型恐龙没有喝完，有机会渗入地下，才潜流至今。还或者说，那天乘高铁路过泰山脚下，遇上的那场大雨，无论潜入地下的有多少，也许只有其中的三抔两捧能够到达小鱼山下的那眼琉璃阿井，能肯定的是，要到一亿年后的某个时刻，才能被人看到，才能被人捧起来——前提是，那时候琉璃阿井还在。真的到了那一天，趴在井口边看水的人，谁知是不是进化出三头六臂的新新人类？

最早理解这琉璃阿井之人，一定是这尘世上的独醒者。杨贵妃和她的三姐，不过是从耳语者那里侥幸知晓了这个秘密，并对此秘密作了于自己最为有利的升华，这样的升华只是真相而不是真理。

真相可以成为茶余饭后的谈资，等到腻了，烦了，就不谈不说了。像那供人美饰的朝露晚霜，打扮得连自己都看不惯了，就不再打扮了。真理无法如此，反而让人说也不是，不说也不对。真理的作用正如阿胶，一千年前受到诗词讴歌，一千年后，还有诗词在讴歌。就像从一千年前流过来的河，就像从一千年前长出来的树，就像从一千年前说出来的古训。阿胶肯定不是国之重器，也不必将其奉为国之药祖，用不着强做精神圣山，也用不着攀比文化王城，实实在在地生长在海拔不过八十二点一米的小鱼山下，堂堂正正地长成了一副中国乡贤模样。江山存废，玉宇沉浮，往大处看，找不到与之相关处，往前面看，发现不了动力在哪儿。一旦从大处收回视野，站到前面再回首往事，才发现乡贤之紧要。那惊扰后人、感动后人的句子，无边落木萧萧下，不尽长江滚滚来，该是何等的气派，而杜甫所真正拥有的只是一所茅屋，一领布衣。那由《蜀道难》《静夜思》，而昂扬吟唱，黄河之水天上来，奔流到海不复回，那李白最辉煌的事竟是在兴庆宫中让人脱一次靴。身为皇亲国戚的曹子建，最著名的是留在一条黄河边、一座小鱼山下，所写的一首煮豆诗。一头毛驴，一口铁锅，一捆桑柴，加上三千个冬至，如此少不得任何一环，熬出来的正是中国乡贤。

小鱼山不在高，有情怀就能接天。

琉璃阿井里的水虽然幽远，来历清纯可鉴就是珍稀。

在无数个如同东阿的小地方悄然生长的乡贤，比那在地下潜流了一亿年的琉璃阿井水还要源远流长。日月精华造化，天理人伦修炼，宠辱悲喜，祸福交加。在时空中，三五十年、三五百年就会有乡贤辈出，那意义如一滴水潜流一亿年，胜过一滴水潜流一亿年。当年的乡贤发现了琉璃阿井水，发现了可以媲美骏马的乌头驴，发现了冬至日，发现了桑柴火。如今的乡贤，将往日的驴窝打造成枣香弥漫、芬芳四溢的创意文化园林，凭着八百四十多项严苛检验，不使一丝一毫有负盛名。

乡贤是用来滋润人的血肉灵魂的，阿胶也是用来滋润人的血肉灵魂的。

这样的乡贤是家国之圣品，如此阿胶也是东阿原野上的圣品。

二〇一七年十二月二十二日冬至节于东湖梨园

# 瑞雨为安

　　凌晨四点多钟起床，赶杭州到瑞安的早班高铁，一路上所遇见的，恰好如此行所要探究的《琵琶记》中写的那样："我早晨间见疏刺刺寒风，吹散了一帘柳絮；晌午间只见淅零零小雨，打坏了满树梨花。一霎时啭几对黄鹂，猛可地叫数声杜宇。见此春去，如何不闷？"虽然季节略有差距，总体来看，与绿成荫、红似雨、春事已无有的意境相差无几。

　　不只是瑞安，也不只是下辖瑞安的温州，整个浙江全境，只要我来，没有不下雨的。那一年元旦，甚至还赶上了浙江本地多年不遇的一场大雪。下了高铁，淅零零小雨不期而至。在这样平添诗情的雨中，走了几个地方，人好物好故事也好，整个就是天造地设的《琵琶记》戏词所唱："云情雨意，虽可抛两月之夫妻；雪鬓霜鬓，更不念八旬之父母……你休怨朝雨暮云，只得替着我冬温夏清。思量起，如何教我割舍得眼睁睁。"感觉好到舍不得举一把伞，戴一顶帽，就让小雨舔着鼻尖，飘过耳郭，微微打湿衬衣，让内里肌肤也接触到这千年以前就在传唱，千年之后依然历历在目的温润气韵、温馨质地。

一路上，天地间尽是雨，连读带想的也少不了雨。有借雨抒情的"楚天过雨，正波澄木落，秋容光净。谁驾玉轮来海底，碾破琉璃千顷"。有用雨开怀的"风木之情何深，允为教化之本；霜露之思既极，宜沾雨露之恩"。有以雨自律的"绿英红雨，征袍上染惹芳尘。云梯月殿图贵显，水宿风餐莫厌贫"。还有那"向人家，忙投奔，解鞍沽酒共论文，今夜雨打梨花深闭门"，以及"风月赛阆苑三千，云雨笑巫山二六"，或思或念，免不了会心一笑，难为这被称为天下"第七才子书"的，但凡有点自恃的读书人，都会因此顾影自怜，再不就是续饮三杯。

到阁巷镇柏树村已是午后，踏上高郎桥，桥下清幽的水面，好好地突然起了声波一样的花纹，还伴着锵锵的弹拨音韵。桥头的小街边，几个仿佛还在暑假中的孩子，用外地人听不懂的童声欢呼了几声。好在我能猜想，那些熟悉的神情，自己小的时候也曾有过，无非是不问耕种，不管收成，由着天性向着天意嚷叫，雨落大了，或者是好大的雨啊，再落大点更好啊！事实上，雨真的落大了，而且落得很大。大到近处无人看管的水牛都打起了响鼻，甩起尾巴想挥走一些雨水。还有一个事实，那小河里的水纹虽然与琵琶声断无关，在与桥头相连、与小河为邻的高郎祠里，一只琵琶分明响得正幽。

高郎祠不是简朴，是实实在在的简陋。高郎祠的正式名称叫高则诚纪念馆，高则诚又名高明，通俗的说法是《琵琶记》的作者，实际上，在高则诚动笔之前，民间就有不同版本的《琵琶记》在上演，高则诚只是作为改编者，将这曲民间戏曲推上中国戏曲史的巅峰。看过了铭刻在门楣和立柱上那几副后来者撰写的楹联，空无一物的屋子里就没有什么值得流连的了。别的人还会去那尊铜像近处前后左右端详，我是断断不会正眼看一下的。这习惯在家乡黄州就养成了，那时是不愿去看东坡赤壁里面的苏东坡像，之后到秭归的屈原祠不愿看屈原像，到平江的杜甫祠和成都的杜甫草堂不愿看杜甫像，到芜湖的城陵矶不愿看李白像，到和县的霸王祠不愿看项羽像。就因为谁都知道，这些对应的古人雕像，有比没有更显缺憾。由于凡是屋子就得有个人的习俗，再小的庙也得供一个神，平地盖起了屋子，岂可没有主人？是好是歹，先弄一个放在那里，爱说不说，爱看不看，暂且不管！只有一个地方例外，那是在青海玉树的勒巴沟口。我曾奋力扒开许多荆棘，才能站到传说中的文成公主雕像面前，却还是无法从岁月留在崖壁上的风霜中看出真切来。这样的不真切往往是最好的！天下文人，文章是命，一部《琵琶记》不是哪一间屋子所能装下的，尽可能腾出空间，才能听见当年翻动简牍纸帛的声音。就像高则诚自己所说："重门半掩黄昏雨，奈寸肠此际千结。守寒窗，一点孤灯，照人明灭。"能照人明灭，就能照天下荣辱。有一间屋子在，给尘世间留下一种托寄就可以了。最高等级的存留是在人心。人心之外，无论怎么说来，怎么做来，那用坚实的青铜做成雕像，也还是不真实的虚拟。

相比之下，一墙之隔的小院里，那女子怀抱琵琶深深浅浅唱着南戏，外来者听着似懂非懂的，反而让千年之前的南戏鼻祖有了一丝一缕四处回旋的生机。歌者自歌，闻者自闻，不歌也不闻的是夹在我们之间纷飞不已的雨，还有院子中间被雨打湿的花草冬青。明太祖朱元璋时期就已经是如此了，那时候的人就夸说，辞了官、回了家的高则诚用清丽之词，一洗《琵琶记》原著之陋，于是村坊小伎将其当成不可企及的高度，竞相仿效，像纲领那样，不得有丁点的随便和苟且，才情既富，节奏弥工，从头至尾，字字句句，都要透彻唱了才行。一时之间，广为传演，浸淫胜国，演习梨园，几半天下。

院子里的雨，有时大，有时小。

端坐在雨边，静观雨的弥漫将琵琶声声表达得超乎寻常，又平平常常。

当年的高则诚如若不改旧时戏中生角丑态，除非电闪雷鸣助兴，仅凭旦角一己之悲，很难穿透这绵绵雨幕。高则诚妙就妙在将早前村坊小伎中的狂吼怒骂改正了。从官场全身而退的高则诚，自然比那些待在鸡鸣草屋中想象黄金宫阙的人懂得多很多。好人不一定做的全是好事，好心也保不准会变成歹意。一个来自小地方的毫无背景之人，仅凭写得一手好文章，刚刚接近帝王将相，就赶上除了当事人、别人都觉得是天上掉馅饼的大好事，断断不可能一喜了了，也不会一悲之之。南戏也好，南曲也好，南音也好，在这南方的雨中，用家长里短的爱表现出艰难时世，才是人生本意。让百分之百的善掉进百分之九十九的误解，再用那难得的百分之一作为契机，升华彼此性命。恨与恨的冲突不是根本的冲突，恶与恶的矛盾不是根本的矛盾，而爱与爱的水火不容，善与善的针锋相对，最让人生这场大戏，撕心裂肺，荡气回肠。

南戏、南曲和南音，各自缘起与流传，有许多的不一样。在这小院里，也有天上雨水、屋檐雨漏和树叶雨滴的区别，玄想之下，这带着南字符号的音乐艺术，是不是与雨密不可分，是不是非要在雨中相听？初粗想，再细思，才发现高则诚的《琵琶记》里，果然到处是"雨"和"水"。前面列举的那些句子之外，还有"嫩绿池塘，梅雨歇熏风乍转。见清新华屋，已飞乳燕。簟展湘波纨扇冷，歌传金缕琼卮暖。炎蒸不到水亭中，珠帘卷。""向晚来雨过南轩，见池面红妆零乱。渐轻雷隐隐，雨收云散。只见荷香十里，新月一钩，此景佳无限。兰汤初浴罢，晚妆残，深院黄昏懒去眠。""屋漏更遭连夜雨，困龙遇着许真君。""只为他云梯月殿多劳攘，落得泪雨似珠两鬓霜。"等等。

这是提到雨的戏文。

还有提及水的歌句。

用那菽水之欢，表意学子虽有青云万里之志，又不舍离别白发之双亲。渴望夫妻长相厮守，不用卿卿我我，而以"田畴绿水溅"来说两口子是要勤劳耕作的。真出了家门，离开几十年慈养的老父老母和才恩爱两个月的新娘去往北方的京城，所见到的村是水村，殿是水殿，不是"流水蘸柴门"的普通人家，就是"画桥烟柳""秋千影里，墙头半出红粉"的谁家水滨。写才子青云路通，只要一举能高中，"又何必扶桑挂弓，也强如剑倚崆峒"，则以"三千水击飞冲"来抒发壮志。真的目标实现时，想着生死存亡音书难寄，万水千山阻隔是平常到平常人都会如此形容。"江空水寒鱼不食，笑满船空载明月。""浑浊不分鲢共鲤，水清方见两般鱼。""强对南薰奏虞弦，只见指下余音不似前，那些个流水共高山？""帘垂清昼水，怎消遣？十二阑杆，无事闲凭遍。"这些文才句子，各种各样的水才像是男人叹人生青春难再。再有留守女子愁苦得，哪怕奴家心素也只能用凉浆水饭来祭拜公婆。"两下萧条，一样愁难诉。""愁寄琵琶，弹罢添凄楚。"这样的水饭，只怕除了用雨水作主旋律的《琵琶记》，任谁也唱不出要怎么动人有怎么动人的"怯山登，愁水渡""风餐水卧，甚日能安妥，问天天怎生结果？"等等，等等。

好雨知时节，好雨识人心。

高则诚出生前八年的元成宗大德元年，也就是公元一二九七年，瑞安当地发生一场特大洪灾。据旧时方志记载，那一年的七月十四日，海溢，飓风暴雨，浪高二丈余，坏田四万四千余亩，房屋两千余区，溺死六千八百余人。到了明太祖洪武八年，公元一三七五年七月，大风雨，海溢，潮高三丈，沿江民居多淹没。民国元年，公元一九一二年七月十七日及八月二十八日到三十日，各区山水横溢，人、房屋及什粮，损失甚巨，飞云江横尸蔽江。

　　大约是预感到了，身后将有大灾难要出现，趁着年丰人寿的日子，高则诚一改前人笔法，以风调雨顺之心，写出风调雨顺意境。人活着不是为了罪恶，人活着不是为了丑陋，人活着也不是为了与别人过不去，人活着同样也不要让别人与自己过不去。即便人生苦短，免不了需要面对类似烦恼，那么就尽可能将这类烦恼留给自己，不使烦恼在留给别人的那些东西里面出现。雨本来就是世间最常见的一种吉祥。以瑞安本地雨水之多，瑞安博物馆里却还陈列着当地人用来祈雨的祭祀器具，可见天降甘霖、地生玉露从来就是最得人心的。包括《琵琶记》在内，一切的南戏、南曲、南音，莫不是用雨水来做主心骨，相比冰刀霜剑、流金铄石，还是情意绵绵的艺术来得久远。不大不小的雨，时断时续的雨，孤舟夜雨，乱萤疏雨，太阳雨，云缝雨，梧桐雨，杨梅雨，大雨洗心革面，小雨不在有无。

　　雨在瑞安落多久、落多少，与谁有没有关系，其实没必要探究。真正需要在意的是少一些乱弹琵琶的悲欢离合,而让大家瑞安,天下瑞安。正如高则诚在诗里吟咏:"江山有恨英雄老,天地无情雨露高。"

二〇一八年国庆节
于 G852/G846 次列车武汉—兰州往返途中

# 澳门恋爱巷

第一次去澳门是一九九九年四月底，那是一段甜蜜旅程的归途。

但凡太过甜蜜的事物，总是某种候选事物明目张胆的征兆与预演。

后来，又在澳门的大街小巷走过几次，印象极深的始终是那条被叫作恋爱巷的小街。

第一次去时，就曾在大三巴下面不足百米的小巷里来来回回牵手走过，却不知这小街另有一个著名的名字，只感觉与近在咫尺的大三巴相比，这小小天地是都市里的世外桃源。高处的大三巴笑语欢呼，人声鼎沸，四海游云，热闹非凡。其间没有任何隔断，就只有一条不算太小的小路下来，天地境界就变得一样两般。偶尔环顾四周，心里似乎觉察到某种异样，也是由于去来匆匆，更有牵手之情在身，不及细想，也不会细想。

第二次去澳门，是给那里的文学奖当评委，当得知那地方的真名时，一起坐在恋爱巷口咖啡馆里的却是一位不方便牵手的作家好友。这种时刻反而能够细想，不仅细想，还能细细品味。

再去已经知其名为恋爱巷的恋爱巷时，开车送我们的当地女子，竟然在附近找到一个停车位，惹得她山呼海啸般地惊叫，今天的运气太好了，一定要去买彩票，而且肯定可以中头彩。那女子的意思是在澳门开车出门时想找个停车位，比买彩票中大奖还要难。

在澳门开车永远想不到下一个停车位会在哪里。人一生要走很多的路，也会有很多的经历。有些路反而是自己事先能想到，日后肯定有机会踏上去的。有些事也会是自己事先能想到，日后肯定绕不过去必须做的。比如去北京和上海，比如去香港和澳门，若是有年轻人的心里没有这样的想法，想也不要多想就可以肯定，那家伙不是中国人。而将人生的甜蜜之路起点放在澳门，对自己来说，在当初根本不是问题，本来就是十分自然的选择。而将这选择由山往高处抬头、水往低处流远的自然状态，变身为冥冥之中有一只手把握、有一颗心在操控的某种撮合，全是经历过后再回首时的浮想联翩。

一九九九年四月底的澳门，正处在回归前夜。走在街上，随手买了几份当地报纸，上面全是近日发生的惊天大案，不是一般的杀人越货、盗抢绑票，而是黑帮公开枪挑军警、大街小巷弹雨纷纷的情形。说是走在街上，其实也就是在旅游区域，胆子最粗的时候，还敢站在某个街口，往幽幽深处看上几眼。一旦记起报纸上的新闻，便连忙转身，远离从街口后面射过来的目光。偶尔说起当地有蛋挞好吃，完全是为了说而说，绝对不会真的有所行动。在潜意识里仿佛只要迈错一只脚，就会掉入某处魔窟而万劫缠身。所以，那一次，在恋爱巷牵手，更像是在陌生屋檐下，相互依赖与相依为命。当然，回到真理当中，恋爱巷所要叙述的故事，骨子里也就是让人们无论是在平常生活里，还是在风暴来袭时，彼此之间多一些、再多一些，多到不能再多时还要想方设法竭力多来一点的庇护支持。

十几年后，第二次到澳门和第三次到澳门，当地朋友都将内地称为"蹦极"的叫作"笨猪跳"，一个小小名词就了无遗漏地体现出轻松气氛。因为了解了恋爱巷而特意去到恋爱巷，没有可以牵手的人在身边，去恋爱巷的重点就变成去恋爱巷口的夫妻店喝一杯咖啡。从英国退休后专门来此养老的那对男女，高兴了就开门营业，不高兴了就闭门谢客，看着谁顺眼，就允许进店小坐，看着谁不顺眼了，就婉言谢绝入内。这些都没有问题，人能进去后，还要看看屈指可数的几张桌子是否有空。总之，那样子想进去喝杯老两口亲手做的英式咖啡，与想在街边找个停车位的难度差别不是太大。我们去时，一切刚刚好，甚至刚好空出一张能容纳同行四人、有四个座的小桌。喝着老两口沏好的咖啡，好几口下去才慢慢找到一丝感觉。那味道不只在于咖啡，更在于与咖啡密切相连的大大小小的环境，在于不知何处飘来浅唱低吟的《七子之歌》。

知道恋爱巷，站在恋爱巷，隔空与爱情牵手，也是

● 澳门海边高塔上有蹦极，当地人称之为"笨猪跳"

爱情的一种常态。如同身在澳门听诗人闻一多的《七子之歌》，和身在闻一多家乡的巴水河畔，想着山山水水无所阻隔的妈阁澳门。二〇一九年十一月，在浠水县闻一多纪念馆，有多场纪念闻一多先生诞辰一百二十周年活动。想着闻一多先生如果能有百年阳寿，能在百岁时目睹七子之澳门回归，其诗情该是何等激越！先行者人生莫不苦短，短得如同纪念馆内收藏的那支伴随闻一多先生直到生命最后时刻的手杖。而更短的是手杖上那行外国文字，虽然只有十来个字符，数十年来竟然无人破译。那一天，本意是邀儿子充当司机，送暨南大学蒋述卓先生专程来此，不料儿子却发现有用痕迹，并将此线索引向自己那学葡萄牙语的妹妹，居然很快解开近八十年来的悬疑，识得那行字果真是葡萄牙语，意思是：候选人纪念！

一生之中只是早年去过美国的闻一多，所用铭刻葡萄牙文字的手杖，是否就近来自七子之一的澳门，或许将来还会有所考证。以其赤子情怀，年方四十，就手不离拄杖。一件来自澳门的物什，于其内心完全可以当成是将七子之痛深怀之，以使自己时时刻刻拥有与祸国、叛国、卖国之敌不共戴天的利器！

人与世，人与事，人与时空万物，人与量子物理和经典物理，都会在某个不经意的地方，存放一种暗示。女儿去年高考，因缘际会，进到澳门一所大学学葡萄牙语专业。一年下来，也就是用上一两个单词的水准，便化解了这许多的诗一样的愁烦！纷繁喧闹的大三巴下，天造地设一段静静的小街，一个牵手，一个拥抱，一个深吻，一个凝眸，坐实和升华的，都是爱情，识得和识不得那密码,都是身处恋爱巷。与闻一多一样以巴河为故乡的我们,作为候选人纪念的澳门也可以是共同的暗示。

二〇一九年十二月十三日
于 Z202 次列车海口至武昌途中

# 板桥道情

　　到兴化的那天，天气预报忽然变得有些惊世骇俗，十分粗暴地要将第二天飙升起来的三十二摄氏度，变成第三天断崖式下降的十一摄氏度。一觉醒来，户外的温度果然够呛，全身衣物已剥落到最少了，汗水依旧在前心后背暗自潜流。在阳光下奔波一整天，临近黄昏时，才进到室内，一边擦那带着油菜花香的汗水，一边细细看过特意从博物馆库房中拿出来的郑板桥遗墨。然后穿过一处圆门，路过一棵标示为一级保护的大树，在一间雅室中悠然落座。几口清茶入口，正要说一声好茶，像清风一样出现的两位民间吟唱艺人，款款地走到雕花木窗后面，渔鼓拍了三两下，竹板响了一两声，像兴化这儿的流水，悠长平缓地唱起来。一曲唱罢，燥热与汗水也随之去了，取而代之的是绕梁三日的曲调所带来的那种天然清凉，还有跟随清凉曲调出现的以平常人身份又显得不太平常的人。

老渔翁！老樵夫！老头陀！老道人！老书生！小乞儿！

与进屋之前，沿途所见开满鲜花的原野，还有生机勃勃的城市景象相反，这一个个称谓都是以老相称，唯一的小乞儿，想象那模样，所表述的也是未老先衰。不知道天南地北其他地方有没有用本地的说唱艺术，将郑板桥的《道情十首》，十年百年地演唱下来，并且唱成何种模样。以自己了解的几种地方类似曲调，比如既悲凄又尖锐的湖北道情，真的用来唱板桥道情，能否唱出诗词原意在其次，最担心的是对原作气韵的南辕北辙。

人世之事，只要用心寻觅，总会发现那条有来有去的脉络。不要说远，就说五千年前，后来有板桥道情回响的这一带还是东海海滨。到了三千年前，海平线成了地平线，因此也就有了最早的地名楚水，成了做梦也想不出大海模样的楚国人的属地。至关重要的是九百九十五年前，还要过二十四年才有机会写成天下名言"先天下之忧而忧，后天下之乐而乐"的范仲淹出任兴化知县，修了抵御洪涝灾害的"范公堤"，让湖荡沼泽中那些由上游来水冲击、下游海潮顶托形成的土丘得以稳定下来。在此基础上，从绕着土丘的水里取土垒成垛，形成可以耕种的垛田，垛田四周则是能够通行舟船的河渠。无论大小，每一块垛田都有自己的河渠；无论长短，每一条河渠都有自己的垛田。

春去秋来，日月轮转，又经过七百年，之间垒了多少垛田，垛田下面垒进去了多少秘密？其中之一被郑板桥破解了，才有他那集篆隶行楷于一体的书法；其中之二是我等此刻前来揭秘，垛田与郑板桥之间若隐若现的血缘。这些碧水环伺、形同孤岛又似有缘互连的垛田，以其天造地设的方圆，鬼斧神工的长短，让无边岁月可以是横撇竖捺，更可以是秦篆汉隶唐楷，为了因应这诗书画的化身。

● 兴化垛田是对沧海桑田最好的诠释

　　说郑板桥所怀绝技为乱石铺街体，是某人站在自家门口，满是闲情逸致地看着街坊生活景致时的戏谑。那时垛田之上没有更高，比不了如今建有方便看遍垛田花海的观景台，人站上去，举目四望就会若有所思。不需要观景台的郑板桥，情怀更加高远，早就看清楚了三百年后才有人看得见的那些。这就像让春花开满世界是很容易的，因为那是老天爷一年一度都要施展的小小手艺。现在的垛田，为了让更远的人前来流连，已经全部改种油菜花了，一亩田还能多拿上千元补助款。若想将花看遍，却是难上加难。因为看花的是人，一个人无论有何等了得的手段，也只有一双眼睛的视野，越是想看个够，越发现能力有限。很多时候，只凭着看过一三五七只花样的心得就声称够了。

　　想起来，郑板桥果然是三百年一遇的才子，一般三年一遇、三十年一遇之人，非要等到垛田上遍地黄花，明晃晃地露出既有序又无序、既是自然挥洒又似精心构筑的河流渠道，才有所心得。郑板桥只是面对五颜六色的稻粱菽、杂乱无章的麦黍稷，就看出了诗书画的端倪。此时此刻，见识了垛田花海上逶迤不绝的人流，我等才勉强猜测到郑板桥那般境界：就书法来说，可以想到草书，不是米芾的狂草，是一般舞文弄墨者的潦草。郑板桥一定看明白了，冬天里，白茫茫冰雪覆盖着一切，垛田与河渠所构成的正是超级放大的泰山经石峪。春天里，垛田上万物灿烂，垛田下水清如碧，有心看去即便得不了《兰亭集序》之奥妙，也看得见曲水流觞之情趣。到了夏天，垛田里的庄稼无比茁壮，河渠中大水汪洋，略一皱眉头，思绪中就会有《祭侄帖》沉沉地飘过。之后就是秋天了，收获时节的垛田与河渠，恰似铺陈在天地间的《寒食帖》啊！郑板桥曾经说自己的书法，六分是学的别人，只有半分是自己的。还有剩下的三分半他没有说出来，应该就是天地造化的给予。所谓天机不可泄露，凡是不肯说的，或者是不肯明说的，才是事物核心所在。沧海桑田在兴化一带早就不是历史长河中的奇观，人们宁可去研究垛田，千年万年的东海海滨何止千里万里，为何偏偏只有兴化一地生长出此种名为垛田的农耕文化？人间诗书画也有千年万年了，为何偏偏只在有垛田的兴化生长出一位叫郑板桥的古怪才子？如果不作二者之间的联想，实在没有其他特别事物好想了。

昔日郑板桥挂牌售卖自己的作品时，这一带擅诗书画的名士有十几位，由于种种因素，被浓缩掉一些，余下的世称"扬州八怪"。时下文坛，公公有公公的一排铁杆，婆婆有婆婆的一堆闺密。几百年前的扬州也是一样的，哪些人能够进入"八怪"系列，哪些人应当排在"八怪"之外，争的争，吵的吵，说来说去，各有各的不同。其中铁定少不了也少不得的唯有郑板桥。事实上，无论用哪种排列组合的"八怪"，将另外七位加起来，相应的社会名声也不及郑板桥一人。生死轮回，时光流逝，郑板桥存世的诗书画何止千百，将其余的全部相加，也不如一声，难得糊涂；也难抵四字，吃亏是福。

文坛一直在说，作家有两类，一类作家作品只是影响作家，一类作家作品则在影响人民。

那些说范仲淹后来待在邓州，没有见过洞庭湖，却能写出《岳阳楼记》的人，总是不知道范知县在兴化时，就有了兴水利与治水患的心得，深知湖海宽阔壮观。没去过洞庭湖不要紧，在他心里早就装着一片同等条件的水天，还有与洞庭水乡相呼应的有水先淹、无雨先旱的兴化忧郁。

只要一句，"先天下之忧而忧，后天下之乐而乐"，便使得小小岳阳楼成为天下名楼。只要两句，"落霞与孤鹜齐飞，秋水共长天一色"，就让初起的滕王阁一时间享誉江南。郑板桥能够一览众山小，也只需要八个字。毛泽东有一句评语："郑板桥的每一个字，都有分量，掉在地上能砸出铿锵的声音！"从这话里可以看到，他所看重郑板桥的并不是世人口口相传的怪异。郑板桥一反常态，认为吃点亏绝对是好事，不必事事都弄得清楚明白，比习惯要小聪明更难能可贵。到了兴化，见识垛田，也能见怪不怪。不知者总以为郑板桥是天生的，明白他是从垛田里生长出来的，是个有根有系、有源有流的平常人家子弟，再细细体悟，他吃的是什么亏？享了哪种福？难的是什么得？糊了什么涂？不就是普通人众都会遇到的那些不爽心的事情吗？不要说人，就是这垛田，如果怕吃亏，不肯一把把从水里捞起泥土，将隐现于水面的土丘一点点地垒高垒大，又能从哪里去觅得这种养育千家万户、别出心裁的如诗如画的良田熟地呢？

来自田间的郑板桥，只有一枝一叶总关情等寥寥数语在历代同行当中有一定的影响，远不及他的那些反正话、疯癫语，谁都知道，谁都懂得，谁都会在个人生活当中，试一试，用一用。

郑板桥的笔墨文字从头到尾没有一处糊涂，真正糊涂的是那种将田间事理放在一旁，有功利时才拿起来晃一晃，其余时间弃之如敝屣的心态。他还有一句很简单的话，用来说诗书画：理必归于圣贤，文必切于日用。这话里全是正经八百的意思，可以当成大道理，也可以看作小常识。有了这话，回头再琢磨，那站在雕花木窗后面，手持竹板和渔鼓的一男一女两位艺人，身形周正，体态端直，音律平扬，歌声清婉，百分之百适合唱板桥道情里的无牵绊、轻波远、白昼寒、斜阳晚、萧萧柳、孤飞雁和月上东山。说平常话，唱平常调，讲平常理，本来是很平常的事。事情的奇妙就在于，太过平常的事物，往往会呈现出不平常，而且，越是强调我本平常，局外人越要将这种平常推向其反面。如同兴化垛田，本来就名声在外。清明节前后在垛田之上盛开的油菜花，仿佛要将自身的灿烂推向极致，以图取垛田名声而代之。

收拾起渔樵事业，任从他风雪关山。板桥道情所唱，前一句也是说吃亏是福，后一句还在讲难得糊涂。这样想来，就更明白了，人一生重要的是做好手边事情，看清楚眼前山水，不妒贤嫉能，就不会自寻烦恼，自讨没趣，自毁前程。"康熙秀才雍正举人乾隆进士"，郑板桥给自己治的这方印，明明白白地说，自己辛酸历练竟然经过了三代王朝。好在郑板桥不将那些苦楚当回事，这才让看上去是撮几句瞎话盲辞，流传开来，就成了铁板歌喉。用不着高腔高调，也不需要大词大话。

二〇一九年四月十五日于斯泰苑

# 青铜大道与大盗

　　日常生活中，那些耳熟能详的话听多了，就像一片秋叶从眼前飘过，记得飘落的样子，却记不得叶黄叶枯，更不去想树叶飘飞除了表示秋天来了，万物开始为冬眠做准备了，还有没有其他意义。比如在平凡的岗位上做出不平凡业绩这句话，听了几十年，这两年才觉得这话充其量是貌似真理。想一想，世界上哪一件事情，人生中哪一个段落，不都是由平平常常的事物串联起来的！能飞翔到月球、能下潜到深海的机器们，哪一件不是由普通的平板、普通的线路、普通的螺丝等物件结构而成？能发现宇宙间最微妙粒子的工作，哪一项不是无数次重复那些千篇一律的规定动作后完成的？包括这些年近乎偏执地喜欢上的

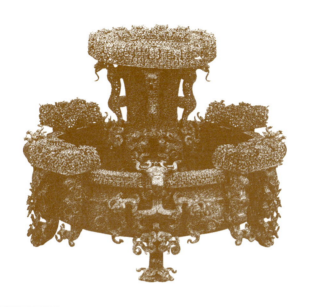

● 湖北省博物馆收藏国宝中的国宝——曾侯乙尊盘，长篇小说《蟠虺》专
为此青铜重器而作

著名青铜重器曾侯乙尊盘，那上面的神奇得直到现今仍无
法复制的许许多多的透空蟠虺纹饰，其实是由几种普普通
通的线条所组成。

　　藏着曾侯乙尊盘的湖北省博物馆就在家的附近。那
些赫赫有名的青铜重器，刚从不算太远的随州擂鼓墩曾侯
乙大墓中挖掘出来就听说过，公开展出之后，隔一阵就有
机会进到展室中看上一通。看过也就看过，就像天天要看
的长江水色，天天要听的江汉关钟声那样让人熟视无睹。

二〇〇三年夏天，一位年轻的美国女子为翻译我的小说，专程来到武汉，我很自然地带她去看博物馆里的稀世珍宝曾侯乙编钟。这也是人的普遍见识中的一种习惯，听信了连篇累牍的媒体之言，就将编钟当成无上国宝。

当初我去湖北省博物馆，也是摩肩接踵地往曾侯乙编钟跟前挤。从这一次开始，我变得例外了。一进曾侯乙馆，还没来得及去到编钟面前，博物馆的一位工作人员就认出我来，还将自己与某女作家在武汉大学夜大班同学的经历说了一通，以说明自己能在人群中认出我来是有缘有故的。在工作人员的带领之下，我们避开最热闹的人流，走到一处无人问津的展柜前。对方说这才是青铜重器中最珍贵的，是国宝中的国宝，其历史文化价值当在路人皆知的曾侯乙编钟之上。

那一刻，我记住了这名叫曾侯乙尊盘的青铜重器。

不仅记住了，心里还突然冒出一种熟悉的念头。

往后的日子，只要去湖北省博物馆，自己就会流连在曾侯乙尊盘四周。三番五次，七弯八绕，那模糊的念头终于被我逮住，随后的结果却是自己被这种名叫灵感的东西所俘获。这有点像爱情，千辛万苦地追求某个心仪的女子，等到抱得美人归时，自己却成了人家终生的俘虏。

在明白自己渴望有一场事关曾侯乙尊盘的写作之后，我开始对曾侯乙尊盘的最新研究成果进行跟踪，同时四处搜寻与青铜重器及其铸造工艺有关的文献资料。与同在曾侯乙大墓中出土的编钟不同，曾侯乙尊盘的独特性，不仅仅在于它的华丽高贵气质，更在于其令人眼花缭乱、连表面都难以看清，更别说透空蟠虺纹饰内部复杂得难以复制的神奇铸造工艺。在其背后，同样不会缺席的是那些假借历史文化名义的各种丑陋的功利表演。好在青铜重器品质优雅，如此丑恶越多，越是映衬出作为国之重器的当之无愧。

国宝显现，注定会有某种事情伴生。有一阵，一直为相关青铜重器仿制的一个至关重要的细节无法圆满发愁，须知细节的叙述是小说的核心机密。那天半夜，正要关了电脑休息，身在兰州黄河铁桥上的叶舟突然发来一首刚刚采风得到的"花儿"，还未读完，人便因天赐密钥而亢奋起来，同时更加相信写作者需要不断挑战相对陌生的东西，如此写作更能激发写作者的才情。小说的有效性还在于与时代生活处在同一现场。我特别喜欢那段关于翠柳街与黄鹂路、白鹭街和本该对应却没有出现的"青天路"的闲笔，精彩的闲笔是小说的半条命脉。还有春花开尽时突然冒出来的带状疱疹，让我在此后的近三个月时间里，不得不像笔下的青铜重器那样躲在城市中心的一间书房里，体会到写作中最撼动人的抒情，正是那些尽是痛感的文字。到了盛夏时节，自己被选去当某电影奖评委，在参评的七十七部影片中，凑巧有一部演义青铜的作品。阅过其中荒诞无稽的谬说，我不能不站起来郑重地提请临时的同行们注意。岂料在后来的投票中，如此将当下功利置于历史真相之上的烂片竟然获得过半数赞成票。大概是身陷青铜重器的历史品格中不能自拔，在投票现场自己拍案而起，说了一大通气愤的话。那样的气愤其实是小说气场的舒展，是对社会真实中那些披着"大师"的文化外衣，实则干着"窃市""窃省"乃至"窃国"勾当的奸佞之徒的血性爆发。

　　文化的本质是风范，文学的道理是风骨。

一个人可以成为风范，但成不了文化，成为文化需要一大批可以代表这个民族的人同样拥有某种风范。一部小说不可以覆盖全部文学，却可以成为文学的风骨。那些普通得不能再普通的蟠螭纹饰，用同样无法再普通的方式铸造成透空样式，就成了千年之后的叹为观止！将数不清的平凡之物，用数不清的平凡姿态，一点点地堆积起来，比如生命中的一分一秒，比如大海中的每一滴水，最终的体现便是奇迹了。不要说人生太普通，也不要企望等到伟大人生突然降临，那些仍然活着的任何一种人事，都应当被看作具备天大的可能。比如我们对曾侯乙尊盘的认知，无论用何种理由拥有她、利用她，都是一种简简单单的原欲和显而易见的原罪，等到灰飞烟灭之际，那些理由就变得不如一粒铜锈，也不如一只砂眼。

关于曾侯乙尊盘的论争，不是小说所能解决的，也不是我想干涉的。为着曾侯乙尊盘的写作只是朝向自殷商以来，在这片大地上越辩越不明白、越活越不爽朗的哲理。曾侯乙尊盘是从哪里来的，其实也是我们从哪里来，将向哪里去的那个磨人问题的青铜说话。那一天，一个句子从脑子里冒出来：识时务者为俊杰，不识时务者为圣贤。到这一步我才觉得踏实下来。曾侯乙尊盘上的蟠虺纹是表示毒蛇，还是展现小龙，正可以看作是每个人心境的一种浮现。只有不识时务者才能像小说的最后一句话——与时光歃血会盟！

二〇一四年四月二十七日于东湖梨园

# 也是山

上山后，我道：果然。

这心里话是回答上山前自己的想法的。那时，感觉里认定大崎山应该是掬几捧龙王井里绽放的水花，给双手染上一份圣洁，去岩头涧尾采撷唇红般秋果的季节。

风吹瘪了山的肚子。

风吹壮了我们的腰身。

矮矮的是树冠，矮矮的是峰头，矮矮的是云层，我们站在那里，寻找高高的还有谁呢？不知道时，就拼命地说着快活话。问，谁愿意当压寨夫人？答，谁愿意当寨主？一阵肆无忌惮的推选后，又说压寨夫人是抢回的才能镇得住山。又有一番融贯古今的计划，引发山间一阵漾于林涛之上的嬉笑。又问,这好美好美的去处,谁愿意在这里过一辈子?忽地一下大家都安静下来。许久,才有人心虚地说小住一段还行——等了半天,再无下文。

这少年胡涂乱抹一样不知留下几笔舒坦的高山大岭,包容了人生中的全部苦难和忧伤、艰辛和困惑。

父亲对我说,我小时候每天一面跑五十里路到大崎山砍一担柴。

我对父亲说,我小时候每天一面跑三十里路到余家冲砍一担柴。

大崎山在江边,余家冲在山里,都是由大别山用泪水和汗水浆砌而成的。

父亲说你小时候没有我小时候苦。

我说你那是旧社会我这是新社会。

母亲连忙出来圆场,唤着我的乳名说一家兄弟姐妹五个就我吃苦最多。

这些也是在上山前说的。母亲忧伤的回忆几使我欲弹珠泪。

看看这山,不能不再次想起父亲。用松枝撩开雾带,

● 故乡团风大崎山上的流泉

想找见哪条路是父亲曾赤脚丈量过的；用亲情嗅遍森林，想觅得哪棵树是父亲歇荫时倚靠过的；用舌尖挑起一枚野果，想寻回父亲饥饿时那种难言的感受。

每每惊回首的公路上，汽车温驯得如一只小羊缓缓地行驶着。脉脉的细水挂在山崖上，摆动成飘柔的秀发。风瘦瘦的不紧不慢不轻不重地散着步，沿着容不下许多人的小路，似语非语似笑非笑分明一往情深地款款而行，偶尔打旋，驻足在山后的某个传说里，作一回回眸，又作一回凝望。竹子在摇曳着诉说，说它的潇洒，说它的英俊，说它的骨肉，说它的深情，它说它不喜欢藤，不喜欢一切攀援之物，它把自己的话絮絮地细细地点滴在含蓄的叶尖上，幽幽逃避着那些守望的眼睛。而山中九月底的太阳，晒不落在春天就飘上树梢的叶子，晒不蔫载不起许多晨露的弱草，轻轻地从我们的左眼里起床，悄悄地落在我们右眼里安歇，听不见它划过蓝天的桨声，却将桨叶搅起的剪剪风洒向山，洒向在九月的紫光里晒太阳的我们。

这些都不属于父亲。

裸露着青铜黑褐斑驳遒劲的古城墙依然在山里卧成

盘龙，古寨门东西南北，正是男人的五指之缝。风可以掠过，路可以穿过，竹可以拂过，太阳可以划过。古寨门的胸怀是铁石做成的。如古寨门一样听不懂倾诉的还有一树古松，戴着苍茫的扁平树冠，如戴着陈年旧草帽，草帽的年轮已不再年轻，凸突在石缝间的老根无法掩饰岁月漫长之河，古松的脉络里却涌动一股浓郁如烈酒的芬芳。于是，它便在自信孤傲中挺拔起一副傲慢而轻蔑的模样，不管周围的一切是怎样地嫉妒。还有坦然安卧林间的巨大孤石，无须烟火，不见蓬勃，愣愣地做成古城墙、古寨门和古松们的心脏。于是，峭立于大岭之上的夕照壁，便成了它们饱经沧桑的面颊，风雨也来，冰雪也来，日月也来，轮轮番番过后，成熟的印记也来了。

我还是找不着！

也许找着了于心已无处存放。

昨夜的半个月亮又搁在星云的梳妆台上了。

我们从这山走向那山。这山低，那山高；这山小，那山大。

守望台的石壁上写着或刻着许多谁谁某某到此一游

的字样。我忽然想起，父亲也许该对我说声对不起，他当初不该没有在哪个可以蛊惑人的地方留下纪念。我也不会。我不是来一游的！我是朝拜者，我眼里燃着三炷香，纵然此山不留人，也无法拒绝我永远寄托此心！月光把人的影子拉得又细又长，森林又将它肢解得零零碎碎，但不管怎样，我知道它的飘落依然全在山上。

我记得我是父亲的儿子。

我就不再寻找父亲了。

昨天的月亮是在半山腰上，今天的月亮是在山顶上。昨天的半个月亮本是比今天的半个月亮小，今天的半个月亮本该比昨天的半个月亮大。

置身山上，忽觉身边似有默默哭声，一颗颗蕴藏天下百般波澜的泪珠，一次次地淹没了脚下的山。

我想说，是该哭！哭多少总比笑好一点！

面对大山，我也想哭！可是，我不能！因为我是男人！

一九九一年九月十七日于大崎山

# 天堂横行客

在黄州的日子里，有个星期天，我领着儿子上集贸市场买菜。儿子站在张牙舞爪的龙虾面前不肯走。没奈何，我只好停下来，让儿子自己去挑，儿子伸手刚向前又缩回来，他怕，要我动手。我正准备说我也怕，虾贩子已飞快地替我们代劳了，一边往菜篮里扔那些狰狞可怖的尤物，一边挺热心地说个大体肥的龙虾最好。我对龙虾没有经验，对各色菜贩子却是有经验的，他们总是恨不得将孬的一下子先炒出去。我想，虾贩子说大的好，我就偏要小的。于是，便顾不得含蓄斯文，冲着处处暗藏杀机的龙虾们大打出手了。

回家后方知，儿子要吃龙虾是假，要玩龙虾是真。

他哭闹着使尽浑身解数，不让我将它们活活蒸了，自己端了半脸盆水，放几只精灵的龙虾，用一支小棍子去和那些大钳子打斗。最逗儿子开心的是龙虾中小的们。由此，我想到在与虾贩子的较量中，我胜了。其实，在回家的路上我就明白过来，这吃龙虾与吃螃蟹应是一样的道理，讲究的就是个大体肥。

在那次，由于儿子的欢乐，我发现自己对龙虾的感情起了变化。

一九九〇年那个流火的月份，在通往大别山主峰天堂寨的客车上，往日的冷清寂寥，被突发的熙熙攘攘搅得令当地人吃惊，猜不透这满满一车横行霸道的城里人，来这大山里面干什么。有问则有答，说是去山上宾馆开笔会的，他们啊了一声，仿佛懂了。我则以为未必是真懂，这种拢到一起写小说写诗的会，在城里都要很费一番口舌做解释，而在山里，他们也许是将我们当成卖笔买笔的生意人，来此开展销会。

如火如荼的季节，笔会亦开得如火如荼。高手当仁不让，新秀死不认输，三三两两住一间屋子，大家都暗暗较着劲写。宾馆条件应该说是不错的，却无法使每个人都得到一张桌子和一把椅子。无奈，大家各显神通，或是掀了被窝将床板当桌子，或是将水桶倒过来做成椅子，直弄得服务员叫苦不迭。而到了夜里，一群人叠起会议室的沙发茶几，拎一部录音机放出了抒情浪漫的舞曲，自然又欢欢乐乐、轻轻松松了。

宾馆在天堂寨山腰上，外面一弯小桥和一群裸露的玄武岩，勾勒出一条清悠悠的小河。我曾说过，在这山泉之中洗衣服是一种享受。后来，当我看到几个小孩在那溪水中扑腾时，一番蓦然回首之中，忽地觉得，那才是一种不再有了的享受。

那天中午，在去餐厅的路上，几个湿漉漉的小孩迎面跑来，大点的一个手上托着一只罐头瓶，瓶里装着几只小螃蟹。我立即想起了儿子和龙虾，问你这螃蟹能给我一只吗？小孩愣也不愣便说，你拿吧。我从口袋里翻出一只旧信封，随手拿了一只装进去。坐在餐厅等候上菜的时间里，我拿出螃蟹炫耀说，自己给儿子弄了一个最漂亮的礼物。旁边的人却提醒说，螃蟹是只死的。我一细看顿时愣了，果然那小生命已魂归山野了。

料想不到的是，等我步出餐厅，那小孩竟候在外面，见了我，问，喂，你那蟹子是死的吧？我说是呀是呀，蟹子是死的——我小时候也是将螃蟹叫蟹子。小孩说，不怕，我再到河里给你捉一只，河里蟹子多得很，又问，你住哪个房间，捉到后，我给你送去。我告诉他我住二〇五房间。到天黑，散步回来，小孩不知从什么地方一下蹦到我面前，依然喂了一声，说，我把蟹子放到你房间里去了。回到房间，果然，茶几上放着一只罐头瓶，瓶里的清水中，透出一只大螃蟹和几只小螃蟹。

此后和小孩碰面，我们都以喂来打招呼。有一次我问他，这蟹子吃什么？小孩认真地想了想，极负责地回答说，吃沙子。我是真心问，小孩也是真心答。我不知道螃蟹吃什么，却能断定绝不是吃沙子。我仍然笑着点头表示懂了，回房间后，却丢了几粒饭粒在瓶子里。

下山之际，和《长江文艺》杂志社的刘耀仑君坐在一辆吉普里，忍不住从那声喂，谈到山里人的纯朴，同时拿出瓶子里的螃蟹做证。刘君精神大振，说他家里谁给他儿子送了一只小乌龟，谁又送给他儿子一只小团鱼（鳖），然后说，干脆也将这螃蟹送给他儿子吧，这样，三位铁甲将军就会齐了。我笑一笑，没作表示，心里则想，你有儿子，我就没儿子吗！

谁知在罗田县城住下开总结会的那一日中午，《芳草》编辑部的刘宝玲先生忽然很沉痛地冲着进门的我说，你看看，好像那大螃蟹将小螃蟹吃了！我立刻将眼睛凑近去，但见瓶内浊水横溢，一条条断胳膊残腿在展示着一场凄惨的屠杀。小螃蟹全不见了，只剩下那只大螃蟹耀武扬威地举着屠刀似的两把大钳子。我真想骂，你这混账东西怎么可以残害自己的兄弟呢，真不该错爱你一场。却没有骂出声，我怕伤害送我螃蟹的小孩的心，尽管他听不见，可人做事说话都得凭着良心，而不能似这天堂之中的横行者。

再也没有将这螃蟹送给儿子作礼物的兴致了，回转身就将它送给了刘耀仑君。刘君立即还我一副感谢的样子。我几乎要告诉他这家伙的暴行和血债，但我更愿见到龟鳖蟹同居一室，比试谁斗得过谁，就强忍着终没说出口。

在我们这一行人中，没有谁能解释螃蟹为什么会自相残杀。日后，在另一场合，我又说起螃蟹之残忍。有人不以为然地说，假如你不把它囚禁起来，它就不会吃自己的同胞，它是饿急了才这样。我一时竟无话可答。如他所言，倒是我凶残而不是别的什么了。此君亦是那次笔会中人，他继续引申，说，就像那次笔会，上山时车上挤得像蒸饺子，我们反而怪路上不该还有人上车，如果没有我们这一帮人，车上会那么挤吗？在山上，我们埋怨服务质量不高，但若是别的普通会议，就不会那么难伺候了。我终于有了话，我说，假如山下的新鲜东西，始终不上山去横行，那山上不永远是死气沉沉吗？

在这一瞬间里我突发奇想，这个世界假如从没有骄横之物，那又会是什么样子呢？因为历史从来都是横行者开的头，所以，我很想知道刘君家里三个铁甲将军会面后，会是怎样的一种结尾。然而，我不会询问的，因为我更想将这一切全部忘掉。

一九九〇年夏于天堂寨林场

# 钢构的故乡

一个从襁褓时期就远离故乡的人，正如最白的那朵云与天空离散了。

小时候漂泊在外地，时常为没有故乡而伤心。成年之后，终于回到故乡，忽然发现故乡比自己更漂泊。

因此，漂泊是我的生活中，最纠结的神经，最生涩的血液，最无解的思绪，最沉静的呼唤。说到底，就是任凭长风吹旷野，短雨洗芭蕉，空有万分想念、千般记惦，百倍牵肠挂肚，依然无根可寻和无情可系。

在母亲怀里长大的孩子，总是记得母乳的温暖。

在母亲怀里长大的孩子，又总是记不得母乳的模样。

因为故乡的孕育，记忆中就有一个忽隐忽现的名为团风的地方。

书上说，团风是一九四九年春天那场渡江战役的最上游的出击地。书上又说，团风是抗日战争时期，国内两支本该同仇敌忾的军队，却同室操戈时常火并的必争之地。书上更说，团风是改变中华民族命运的赤色政党中两位创党元老的深情故土、痴情故地。

著书卷，立学说，想来至少不使后来者多费猜度。就像宋时苏轼，诗意地说一句，人道是，三国周郎赤壁，竟然变成多少年后惹是生非的源头。苏轼当然不知后来世上会有团风之地，却断断不会不知乌林之所在。苏轼时期的乌林，在后苏轼时期，改名换姓称为团风。作为赤壁大战关键所在，如果此乌林一直称为乌林，上溯长江几百公里，那个也叫乌林的去处，就没有机会将自己想象成孔明先生借来东风，助周公瑾大战曹孟德的英雄际会场所了。

书上那些文字，在我心里是惶惑的。

童年的我，无法认识童年的自己，认识的只有从承载这些文字的土地上，走向他乡的长辈。比如父亲，那个在一个叫郑仓的小地方，学会操纵最原始的织布机的男人；比如爷爷，那位在一个叫林家大塆的小地方，替一户后来声名显赫的林姓人家织了八年土布和洋布的男人。从他们身上，我看得到一些小命运和小小命运，无论如何，都不能将这位早早为了生计而少能认字的壮年男人，和另一位对生计艰难有着更深体会而累得脊背畸形的老年男人，同那些辉煌于历史的大事伟人，作某种关联。

比文字更让人难以置信的是亲人的故事。

首先是母亲。在母亲第九十九次讲述她的故事时，我曾经有机会在她所说的团风街上徘徊很久，也问过不少人，既没有找到，也没有听到，在那条街的某个地方，有过某座酒厂。虽然旧的痕迹消失了，我还是能够感受到生命初期的孤独凄苦。当年那些风雨飘摇的夜晚，别的人都下班回家了，母亲搂着她的两个加起来不到三岁的孩子，加上那些仿佛有十个酒鬼晃在身边的弥漫在空气中的大量酒分子，以及各种粮食发酵后散发出来的难闻气味，还有那些成群结队的千真万确的硕鼠。一盏彻夜不灭的油灯，成了并非英雄母亲的虎胆，夜复一夜地盼到天亮，将害怕潜伏者抢劫的阴森车间与仓库，苏醒成为翻身农民供应美酒的酒厂。

其次是父亲。父亲的故事，父亲本人只说过一次，后来就不再说了。他的那个一九四八年在汉口街上贴一张革命传单要躲好几条街的故事，更是从一九六七年的大字报上读到的。那一年，第一次跟在父亲身后，走在幻梦中出现过的小路上，听那些过分陌生的人冲着父亲表达过分的热情，这才相信那个早已成了历史的故事。相信父亲为躲避"文革"斗争，只身逃回故乡，那些追逐而来的狂热青年，如何被父亲童年时的伙伴，一声大吼，喝退几百里。

还有一个故事，它是属于我的。那一年，父亲在芭茅草丛生的田野上，找到一处荒芜土丘，惊天动地地跪下去，冲着深深的土地大声呼唤自己的母亲。我晓得，这便是在我出生前很多年就已经离开我们的奶奶。接下来，我的一跪，让内心有了重新诞生的感觉。所以，再往后，当父亲和母亲一回回地要求，替他们在故乡找块安度往生的地！我亦能够伤情地理解，故乡是使有限人生重新诞生为永生的最可靠的地方。

成熟了，成年了，越喜欢故乡。

哪怕只在匆匆路过中，远远地看上一眼！

哪怕只是在无声无息中，悄悄地深呼吸一下！

这座从黄冈改名为团风的故乡，作为县域，她年轻得只有十五岁，骨子里却改不了其沧桑。与一千四百年的黄冈县相比，这十五年的沧桑成分之重，同样令人难以置信。最早站在开满荆棘之花的故乡面前，对面的乡亲友好亲热，日常谈吐却显木讷。不待桑田变幻，才几年时间，那位走在长满芭茅草的小路上的远亲，就已经能够满口新艳恣意汪洋地谈论这种抑或那种项目。

爷爷奶奶，父亲母亲，是故乡叙事中永久的主题。太多的茶余饭后，太多以婚嫁寿丧为主旨的聚会，从来都是敝帚自珍的远亲们，若是不以故乡人文出品为亘古话题，那就不是故乡了。有太多军事将领和政治领袖的故乡故事，终于也沧桑了，过去难得听到熊十力等学者的名字，如今成了最喜欢提及的。而对近在咫尺的那座名叫当阳村的移民村落的灿烂描绘，更像是说着明后天或者大后天的黎明。

一个人无论走多远，故乡的魅力无不如影相随。

虽然母亲不是名满天下的慈母，她的慈爱足以温暖我一生。

虽然父亲不是桀骜尘世的严父，他的刚强足以锻造我一生。

故乡的山，看似漫不经心的丘陵，任何高峰伟岳也不能超越。

故乡的河，看似无地自容的浅陋，任何大江大河都不能淹没。

故乡是人的文化，人也是故乡的文化。那一天，面朝铺天盖地的油菜花野，我在故乡新近崛起的亚洲最大的钢构件生产基地旁徘徊。故乡暂时不隐隐约约了，隐隐约约的反而是一种联想：越是现代化的建筑物，对钢构件的要求越高。历史渊源越是深厚的故乡，对人文品格的需要越是迫切。故乡的品格正如故乡的钢构。没有哪座故乡不是有品格的。一个人走到哪里都有收获思想与智慧的可能。唯有故乡才会给人以灵魂和血肉。钢构的团风一定是我们钢构的坚忍、顽强的故乡。

二〇一一年四月于团风

# 抱着父亲回故乡

抱着父亲。

我走在回故乡的路上。

一只模模糊糊的小身影，在小路上方自由地飘荡。

田野上自由延伸的小路，左边散落着一层薄薄的稻草。相同的稻草薄薄地遮盖着道路右边，都是为了纪念刚刚过去的收获季节。茂密的芭茅草，从高及屋檐的顶端开始，枯黄了所有的叶子，只在茎秆上偶尔留一点苍翠，用来记忆狭长的叶片，如何从那个位置上生长出来。就像人们时常惶惑地盯着一棵大树，猜度自己的家族，如何在树下的老旧村落里繁衍生息。

我很清楚，自己抱过父亲的次数。哪怕自己是天下最弱智的儿子，哪怕自己存心想弄错，也不会有出现差错的可能。因为，这是我平生第一次抱起父亲，也是我最后一次抱起父亲。

父亲像一朵朝云，逍遥地飘荡在我的怀里。童年时代，父亲总在外面忙忙碌碌，一年当中见不上几次，刚刚迈进家门，转过身来就会消失在租住的农舍外面的梧桐树下。长大之后，遇到人生中的某个关隘苦苦难渡时，父亲一改总是用学名叫我的习惯，忽然一声声呼唤着乳名，让我的胸膛感觉到一种从未有过的温厚。那时的父亲，则像是穿堂而过的阵阵晚风。

父亲像一只圆润的家乡鱼丸，而且是在远离江畔湖乡的大山深处，在滚滚的沸水中，既不浮起，也不沉底，在水体中段舒缓徘徊的那一种。父亲曾抱怨我的刀功不力，满锅小丸子，能达到如此境界的少之又少。抱着父亲，我才明白，能在沸水中保持平静是何等的性情之美。父亲像是一只丰厚的家乡包面，并且绝对是不离乌林古道两旁的敦厚人家所制。父亲用最后一个夏天，来表达对包面的怀念。那种怀念不只是如痴如醉，更近乎偏执与狂想。好不容易弄了一碗，父亲又将所谓包面拨拉到一边，对着空荡荡的筷子生气。抱着父亲，我才想到，山里手法、山里原料，如何配制大江大湖的气韵？只有聚集各类面食之所长的家乡包面，才能抚慰父亲五十年离乡之愁。

怀抱中的父亲，更像一枚五分硬币。那是小时候我们的压岁钱。父亲亲手递上的，是坚硬，是柔软，是渴望，是满足，如此种种，百般亲情，尽在其中。

怀抱中的父亲，更像一颗坨坨糖。那是小时候我们从父亲的手提包里掏出来的，有甜蜜，有芬芳，更有过后长久留存的种种回甘。

父亲抱过我多少次？我当然不记得。

我出生时，父亲在大别山中一个叫黄栗树的地方，担任帮助工作的工作队长。得到消息，他借了一辆自行车，用一天时间，骑行三百里山路赶回家，抱起我时，随口为我取了一个名字。这是唯一一次由父亲亲口证实的往日怀抱。父亲甚至说，除此以外，他再也没有抱过我。我不相信这种说法。与天下的父亲一样，男人的本性使得父亲尽一切可能，不使自己柔软的另一面，显露在儿子面前。

所谓有泪不轻弹，所谓有伤不常叹，所谓膝下有黄金，所谓不受嗟来之食，说的就是父亲一类的男人。所以，父亲不记得抱过我多少次，是因为父亲不想将女孩子才会看重的情感元素太当回事。

头顶上方的小身影还在飘荡。

我很想将她当作一颗来自天际的种子，如蒲公英和狗尾巴草，但她更像父亲在山路上骑着自行车的样子。

在父亲心里，有比怀抱更重要的东西值得记起。对于一个男人来说，一辈子都在承受父亲的责骂，能让其有效地锤炼出一副更能够担当的肩膀。不必有太多别的想法，凭着正常的思维，就能回忆起，一名男婴，作为这个家庭的长子，谁会怀疑那些聚于一身的万千宠爱？

抱着父亲，我们一起走向回龙山下那个名叫郑仓的小地方。

抱着父亲，我还要送父亲走上那座没有名字的小山。

郑仓正南方向这座没有名字的小山，向来没有名字。

乡亲们说起来，对我是用"你爷爷睡的那山上"一语作为所指，意思是爷爷的归宿之所。对我堂弟，则是用

"你父亲小时候睡通宵的那山上"，意思是说我那叔父尚小时夜里乘凉的地方。家乡之风情，无论是历史还是现世，无论是家事还是国事，无论是山水还是草木，无论是男女还是老幼，常常用一种固定的默契，取代那些似无必要的烦琐。譬如，父亲会问，你去那山上看过没有？莽莽山岳，叠叠峰峦，大大小小数不胜数，我们绝对不会弄错，父亲所说的山是哪一座！譬如父亲会问，你最近回去过没有？人生繁复，去来曲折，有情怀而日夜思念的小住之所，有愁绪而挥之不去的长留之地，只比牛毛略少一二，我们也断断不会让情感流落到别处。

　　小山太小，不仅不能称为峰，甚至连称其为山也觉得太过分。那山之微不足道，甚至只能叫作小小山。因为要带父亲去那里，因为离开太久而缺少对家乡的默契，那地方就不能没有名字。像父亲给我取名那样，我在心里给这座小山取名为小秦岭。我将这山想象成季节中的春与秋。父亲的人生将在这座山上分成两个部分，一部分称为春，一部分叫作秋。称为春的这一部分有八十八年之久，叫作秋的这一部分，则是无边无际。就像故乡小路前头的田野，近处新苗茁壮，早前称作谷雨，稍后又有芒种，实实在在有利于打理田间。又如，数日之前的立冬，还有几天之后的小雪，明明白白地提醒要注意正在到来的隆冬。相较远方天地苍茫，再用纪年表述，已经毫无意义！

我不敢直接用春秋称呼这小山。

春秋意义太深远！

春秋场面太宏阔！

春秋用心太伟大！

春秋用于父亲，是一种奢华，是一种冒犯。

父亲太普通，也太平凡。在我抱起父亲的前几天，父亲还在牵挂一件衣服；还在操心一点养老金；还在希望新婚的孙媳何时为这个家族添上男性血脉；甚至还在埋怨距离手边超过半尺的拐杖！父亲也不是没有丁点志向，在我抱起父亲的前几天，父亲还要一位老友过几天再来，一起聊一聊"十八大"；还要关心偶尔也会被某些人称为老人的长子，下一步还有什么目标。

于是我想，这小山，这小小山，一半是春，一半是秋，正好合为一个秦字，为什么不能叫作小秦岭呢？父亲和先于父亲回到这山上的亲友与乡亲，人人都是半部春秋！

那小小身影还在盘旋，不离不弃地跟随着风，或者是我们。

小路弯弯，穿过芭茅草，又是芭茅草。

小路长长，这头是芭茅草，另一头还是芭茅草。

轻轻地走在芭茅草丛中，身边如同弥漫着父亲童年的炊烟，清清淡淡，芬芬芳芳。炊烟是饥饿的天敌，炊烟是温情的伙伴。而这些只会成为炊烟的芭茅草，同样既是父亲的天敌，又是父亲的伙伴。在父亲童年的一百种害怕中，毒蛇与马蜂排在很后的位置，传说中最令人毛骨悚然的鬼魂，亲身遇见过的荧荧鬼火都不是榜上所列的头名。被父亲视为恐怖之最的正是郑仓塆前塆后、山上山下疯长的芭茅草。这家乡田野上最常见的植物，超越乔木，超越灌木，成为人们在倾心种植的庄稼之外，最大宗物产。八十年前的这个季节，八岁的父亲正拿着镰刀，光手光脚地在小秦岭下功夫收割芭茅草。这些植物曾经割破少年鲁班的手。父亲的手与脚也被割破了无数次。少年鲁班因此发明了锯子。父亲没机会发明锯子了。父亲唯一的疑惑是，这些作为家中唯一柴禾的植物，为什么非要生长着锯齿一样的叶片？

芭茅草很长很逶迤，叶片上的锯齿锋利依然。怀抱中的父亲很安静，亦步亦趋地由着我，没有丁点犹豫和畏葸。暖风中的芭茅草，见到久违的故人，免不了也来几样曼妙身姿，瑟瑟如塞上秋词。此时此刻，我不晓得芭茅草与父亲再次相逢的感觉。我只清楚，芭茅草用罕有的温顺，轻轻地抚过我的头发，我的脸颊，我的手臂、胸脯、腰肢和双腿，还有正在让我行走的小路。分明是母亲八十大寿那天，父亲拉着我的手，感觉上有些苍茫，有些温厚，更多的是不舍与留恋。

冬日初临，太阳正暖。

这时候，父亲本该在远离家乡的那颗太阳下面，眯着双眼小声地响着呼噜，晒晒自己。身边任何事情看上去与之毫无关系，然而，只要有熟悉的声音出现，父亲就会清醒过来，用第一反应拉着家人，毫无障碍地聊起台湾、钓鱼岛和航空母舰。是我双膝跪拜，双手高举，从铺天盖地的阳光里抱起父亲，让父亲回到更加熟悉的太阳之下。

我能感觉到家乡太阳对父亲格外温馨，已经苍凉的父亲，在我的怀抱里慢慢地温暖起来。

小路还在我和父亲的脚下。

小路正在穿过父亲一直在念叨的郑仓。

有与父亲一道割过芭茅草的人，在垮边叫着父亲的乳名。鞭炮声声中，我感到父亲在怀里轻轻颤动了一下。父亲一定是回答了。像那呼唤者一样，也在说，回来好，回到郑仓一切就好了！像小路旁的芭茅草记得故人，二十二户人家的郑仓，只认亲人，而不认其他。恰逢家国浩劫，时值中年的父亲逃回家乡，芭茅草掩蔽下的郑仓，像芭茅草一样掩蔽起父亲。没有人为难父亲，也没有人敢来为难父亲。那时的父亲，一定也听别人说，同时自己也说，回到郑仓，一切就好了。

随心所欲的小路，随心所欲地穿过那些新居与旧宅。

我还在抱着父亲。正如那小小身影，还在空中飞扬。

不用抬头，我也记得，前面是一片竹林。无论是多年之前，还是多年之后，这竹林总是同一副模样。竹子不多也不少，不大也不小，不茂密也不稀疏。竹林是郑仓一带少有的没有生长芭茅草的地方，然而那些竹子却长得像芭茅草一样。

没有芭茅草的小路，再次落满因为收获而遗下的稻草。

父亲喜欢这样的小路。父亲还是一年四季都是赤脚的少年时，则更加喜欢，不是因为宛如铺上柔软的地毯，是因为这稻草的温软，或多或少地阻隔了地面上的冰雪寒霜。那时候的父亲，深得姑妈体恤——不管婆家有没有不满，年年冬季，她都要给侄儿侄女各做一双布鞋。除此之外，父亲他们再无穿鞋的可能。一九九一年中秋节次日，父亲让我陪着走遍黄州城内的主要商店，寻找价格最贵的皮鞋。父亲亲手拎着因为价格最贵而被认作是最好的皮鞋，去了他的表兄、我的表伯家，亲手将皮鞋敬上，以感谢父亲的姑妈，我的姑奶奶，当年之恩情。

接连几场秋雨，将小路洗出冬季风骨。太阳晒一晒，小路上又有了些许别的季节风情。如果是当年，这样的季节，这样的天气，再有这样的稻草铺着，赤脚的父亲一定会冲着这小路欢天喜地。这样的时候，我一定要走得轻一些，走得慢一些。这样的时候，我一定要走得更轻一些，更慢一些。然而，竹林是天下最普通的竹林，也是天下最漫不经心的竹林，生得随便，长得随便，小路穿过竹林也没法不随便。

北风微微一吹，竹林就散去，将一座小山散淡地放在小路前面。

用不着问小路，也用不着问父亲，这便是那小秦岭了。

有一阵，我看不见那小小身影了，还以为她不认识小秦岭，或者不肯去往小秦岭。不待我再多想些什么，那小小身影又出现了，那样子只可能是落在后面，与那些熟悉的竹梢小有缠绵。

父亲的小秦岭，乘过父亲童年的凉，晒过父亲童年的太阳，饿过父亲童年的饥饿，冷过父亲童年的寒冷，更盼过父亲童年对外出做工的爷爷的渴盼。小秦岭是父亲的小小高地。童年之男踮着脚或者拼命蹦跳，即便是爬上那棵少有人愿意爬着玩的松树，除了父亲的父亲，我的爷爷，父亲还能盼望什么呢？远处的回龙山，更远处的大崎山，这些都不属于父亲的期盼范围。

　　父亲更没有望见，在比大崎山更远的大别山深处那个名叫老鹳冲的村落。蜿蜒在老鹳冲村的小路我走过不多的几次。那时候的父亲身强体壮，立下军令状，不让老鹳冲因全村人年年外出讨米要饭而继续著名。那里的小路更坚硬，也更复杂。父亲在远离郑仓却与郑仓有几分相似的地方，同样留下一次著名的伫立。是那山洪暴发的时节，村边沙河再次溃口。就在所有人只顾慌张逃命时，有人发现父亲没有逃走。父亲不是英雄，没有跳入洪水中，用身体堵塞溃口；父亲不是榜样，没有振臂高呼，让谁谁谁跟着自己冲上去。父亲打着伞，纹丝不动地站在沙堤溃口，任凭沙堤在脚下一块块地崩塌。逃走的人纷纷返回时，父亲还是那样站着，什么话也没说，直到溃口被堵住，父亲才说，今年不用讨米要饭了。果然，这一年，丰收的水稻，将习惯外出讨米要饭的人，尽数留了下来。

　　我的站在沙河边的父亲！

　　我的站在小秦岭上的父亲！

　　一个在怀抱细微的梦想！

　　一个在怀抱质朴的理想！

　　春与秋累积的小秦岭！短暂与永恒相加的小秦岭！离我们只剩下几步之遥了，怀抱中的父亲似乎贴紧了些。我不得不将步履迈得比慢还要慢。我很清楚，只要走完剩下几步，父亲就会离开我的怀抱，成为一种梦幻，重新独自伫立在小秦岭上。

　　小路尽头的稻草很香，是那种浓得令人内心颤抖的酽香。如果它们堆在一起燃烧成一股青烟，就不仅仅为父亲所喜欢，同样会被我所喜欢。那样的青烟绕绕，野火燎燎，正是头一次与父亲一同行走在这条小路上的情景。

　　同样的父亲，同样的我，那一次，父亲在这小路上，用那双大脚流星追月一样畅快地行走，快乐得可以与任何一棵小树握握手，可以与任何一只小兽打招呼，更别说突然出现在小路拐弯处久违的发小。那一次，我完完全全是个多余的人。家乡对我的反应，几乎全是一个啊字。还分不清在这唯一的啊字后面，是画上句号，还是惊叹号，或许是省略号。那一次，是我唯一见过极具少年风采的父亲。

　　小秦岭！郑仓！张家寨！标云岗！上巴河！

在那稍纵即逝的少年回眸里，目光所及，全属于父亲！父亲是那样贪婪！父亲是那样霸道！即使是整座田野上最难容下行人脚步的田埂，也要试着走上一走，并且总有父亲渴望发现的发现，渴望获得的获得。

如果家乡是慈母，我当然相信，那一次的父亲，正是一个成年男子为内心柔软所在寻找寄托；如果大地有怀抱，我更愿相信，那一次的父亲，正是对能使自身投入的怀抱的寻找。

小路，只有小路，才是用来寻找的。

小路，只有小路，才是用来深爱的。

小路，只有小路，才是用来回家的。

八十八年的行走，再坚硬的山坡也被踩成一条与后代同享的坦途。

一个坚强的男人，何时才会接受另一个坚强男人的拥抱？

一个父亲，何时才会没有任何主观意识地任凭另一个父亲将其抱在怀里？

无论如何，那一次，我都不可能有抱起父亲的念头。

无论父亲做什么和不做什么，也无论父亲说什么和不说什么，更遑论父亲想什么和不想什么。现在，无论如何，我也同样不可能有放弃父亲的念头。无论父亲有多重和有多轻，也无论父亲有多冷和有多热，更别说父亲有多少恩和多少情。

在我的词汇里，曾经多么喜欢大路朝天这个词。

在我的话语中，也曾如此欣赏小路总有尽头的说法。

此时此刻，我才发现大路朝天也好，小路总有尽头也罢，都在自己的真情实感范围之外。

一条青蛇钻进夏天的草丛，一只狐狸藏身秋天的谷堆，一片枯叶卷进冬天的寒风，一团冰雪化入春天的泥土。无须提醒，父亲肯定明白，小路像青蛇、狐狸、枯叶和冰雪那样，在我的脚下消失了。父亲对小秦岭太熟悉，即便是在千山万壑之外做噩梦时，也不会混淆，金银花在两地芳菲的差异；也不会分不出，此地花喜鹊与彼处花喜鹊鸣叫的不同。

小路起于平淡无奇，又归于平淡无奇。

没有路的小秦岭，本来就不需要路。父亲一定是这样想的，春天里采过鲜花，夏天里数过星星，秋天里摘过野果，冬天里烧过野火，这样的去处，无论什么路，都是画蛇添足的多余败笔。

山坡上，一堆新土正散发着千万年深蕴而生发的大地芬芳。父亲没有挣扎，也没有不挣扎。不知何处迸发出来的力量，将父亲从我的怀抱里带走。或许根本与力学无关。无人推波助澜的水，也会在小溪中流淌；无人呼风唤雨的云，也会在天边散漫。父亲的离散是逻辑中的逻辑，也是自然中的自然。说道理没有用，不说道理也没有用。

龙回大海，凤凰还巢，叶落归根，宝剑入鞘。

父亲不是云，却像流云一样飘然而去。

父亲不是风，却像东风一样独赴天涯。

我的怀抱里空了，却很宽阔。因为这是父亲第一次躺过的怀抱。

我的怀抱里轻了，却很沉重。因为这是父亲最后一次躺过的怀抱。

趁着尚能够寻觅的痕迹，我匍匐在那堆新土之上，一膝一膝，一肘一肘，从黄土丘一端跪行到另一端。一只倒插的镐把从地下慢慢地拔起来，三尺长的镐把下面，留着一道通达蓝天大地的洞径，有小股青烟缓缓升起。我拿一些吃食，轻轻地放入其中。我终于有机会亲手给父亲喂食了。我也终于有机会最后一次亲手给父亲喂食。是父亲最想念的包面，还是父亲最不肯马虎的鱼丸？我不想记住，也不愿记住。有黄土壅过来，将那嘴巴一样、眼睛一样、鼻孔一样、耳郭一样、肚脐一样、心窝一样的洞径填满了。填得与漫不经心地铺陈在周边的黄土们一模一样。如果这也是路，那它就是联系父亲与他的子孙们最后的一程。

这路程一断，父亲再也回不到我们身边。

这路程一断，小秦岭就化成了我们的父亲。

天地有无声响，我不在乎，因为父亲已不在乎。

人间有无伤悲，我不在乎，因为父亲已不在乎。

我只在乎，父亲轻轻离去的那一刻，自己有没有放肆，有没有轻浮，有没有无情，有没有乱了方寸。

这是我第一次描写父亲。

请多包涵。就像小时候——

我总是原谅小路中间的那堆牛粪。

这是我第一次描写家乡。

请多包涵。就像小时候——

我总是原谅小路中间的那堆牛粪。

此时此刻，我再次看见那小小身影了。她离我那么近，用眼角都能看得清清楚楚。她是从眼前那棵大松树上飘下来的，在与松果分离的一瞬间，她变成一粒小小的种子，凭着风飘洒而下，像我的情思那样，轻轻化入黄土之中。她要去寻找什么只有她自己清楚。我只晓得，当她再次出现，一定是苍苍翠翠的茂盛新生！

二〇一二年十一月

于秀峰山庄、郑仓、东湖梨园、斯泰苑

# 小镇天门口

## ——《圣天门口》节选

......

天门口则是西河上的分界线，越往下游越没有讲究，兴街旺镇的各行各业，其位置和摆布都不讲顺序。但在天门口，这些都有不成文的习俗供人延续。从下街口进来的第一家是铁匠。闹长毛军时，守在下街口的铁匠是马鹞子的曾祖父，后来衰了，将铺面变卖给姓段的。马鹞子的曾祖父卖了铺面后，突然撞上桃花运，娶了一个到死也不肯说明身世的年轻女子做填房，第二年就生了一个后来成为马鹞子祖父的男孩。天门口的人曾经有挖古，这个男孩与年龄相仿的杭大爹简直如出一辙。为此马鹞子的曾祖父不惜抛弃祖业举家迁至县城，尽可能与天门口脱离干系。

段铁匠家兴旺了两代也不行了,和马鹩子的曾祖父一样,
说是衰,其实与生意无关,只因为当家的男人老了,还没
有生出将来能抢大铁锤、对着铁砧一锤锤砸得火星乱溅的
儿子。那一阵,有个六安人总来老段铁匠家走动,想将铁
匠铺盘下来,改成接待过往商客的旅店。老段铁匠动心了,
镇上的人都不同意,说西边阴气重,只有铁匠铺才能镇住。
在小段铁匠的主持下,铁匠铺越来越红火,不到五年的时
间里,又添了两盘洪炉和一副铁砧,来来去去总有两三个
学手艺的徒弟。离天门口还有几里路,就能听见叮叮当
当的打铁声。春天的青蛙一叫,铁匠铺的洪炉就开始从
早烧到晚,一天下来要烧几百斤木炭。不管扔进洪炉里
的是些什么铁器,段家的女人都是一进一退地拉着风箱,
让火苗直挺挺地向上蹿。隔不了多久,就会有人走进来,
将手里拎着的各种各样的铁器扔在地上。这一带有铁犁铧
的人家已经不少了,从犁身到犁铧全是铁的却只有一副。
铁犁出现之前,铁犁铧是铁匠铺里最受尊敬的东西,它会
摆在进门就能看见的地方,四周留着足以与其他东西保持
距离的空隙,无论大人小孩从旁边经过,老段铁匠或小段

铁匠都会大声吆喝，要他们小心点。那具仅有的铁犁地位更加特殊，来天门口的头一年，主人有心炫耀，吩咐家里的雇工将铁犁用轭头套在一头力大无穷的水牛脖子上，去犁那块紧靠竹园、为了避免犁铧被盘根错节的竹根打断、一向只用锄头慢挖细翻的水田。铁犁的主人当众出了丑，却不肯将被竹根弄坏的铁犁送给老段铁匠修补，宁可派人到长江边的兰溪码头买回现成的零件换上去。一气之下，老段铁匠放下急着要做的事，带着小段铁匠和全部徒弟，关上门忙了三天三夜，居然打造出一副比买来的铁犁差不了多少的铁犁。老段铁匠打造的铁犁只存在了很短的几天，造犁的铁全是别人的，他必须将铁犁拆了，还原成先前的铁，替人家打造和修理各式各样的铁器。段铁匠会造铁犁这事同在头顶上炸响的春雷一样让人震撼。第二年开春，铁犁的主人就将铁犁送到铁匠铺里，要段铁匠帮忙看看有没有故障，免得开犁时出问题耽误季节。铁犁在段铁匠家里摆了九天，第十天上午主人来取铁犁，段铁匠对着所有在旁边打野的人大声宣布，铁犁好得像吃了长生不老药的男人，什么问题也没有。段铁匠家的洪炉一烧起来，能照亮半边西河。那些尖锐的工具不是烧红了就可以放在铁砧上任意敲打，哪怕是打一枚只有半根手指大小、用于连接锄柄和锄头的铁楔，也要先将里面的钢火退了，才能做成想要的样子。给磨圆了的锄头加钢口，在用钝的镰刀上重新发出利齿，无一不是如此。退过火的工具再经过回火，所有敲敲打打的事情都做完了，还要最后进行淬火。回火、退火和淬火，洪炉里的火焰各不相同，什么时候该是暗红色的，什么时候该是红色的，什么时候又该是白色的，本是铁匠看家的本领，除了儿子不会教给外人。那个过继来的儿子娶亲不几年，就替段铁匠生下两个孙子。段铁匠一高兴，破例将所有观看火候的秘诀全都教给了身边的几个徒弟。

段铁匠的火，余榨匠的油。这句话往东传到隔壁的金寨、霍山两县，意思是说这样的人才是师傅当中的师傅。油坊的山墙与铁匠铺的山墙紧挨着。铁匠铺是段铁匠的，在油坊里说话算数的余榨匠只是大师傅，主人是住在上街的一户富人。很久以前油坊修建时，本是和主人的房子连在一起。油榨坊的修建方法有些特别，地基打好后，就得将准备做油榨的大枫树抬进来，再按规矩将四角和中间一共六根石柱竖起来，紧接着就开始上梁，铺好桁条、椽子，再盖上瓦。忙完天上的事，才轮到砌墙这类地面的事。前者是为了拦截从天而降的露水，后者是要挡住无孔不入的来风。这些必要的要求做到之后，才能动手在那棵两人合抱粗的枫树上，按照油榨的模样用刀削，用锯拉，用斧头砍，用凿子雕。开油坊的从来不多，不怕别人抢生意，不是开油坊不赚钱，关键是难得有八字硬得不能再硬的人。油榨是条被贬的秃尾巴龙。余榨匠后来伺候的这具油榨之所以从镇子东头跑到镇子西头，有说主人八字不够硬的；也有说是被砌匠害了，盖瓦时在油榨上面偷偷留了一道会漏雨的缝。油榨造好的那天晚上，外面刮起狂风，暴雨异常凶猛，连油布伞都撑不开，没人敢开门，哪怕只拉开一道门缝，就会有炸雷落在面前。闹了半夜，好不容易静下来，天亮后才发现，新盖的油坊被翻成底朝天，无脚无翅膀的油榨独自跑到现在的位置上。若不是段家的铁匠铺挡在油榨继续西进的路上，谁也不晓得它会跑到哪儿去兴风作浪。这也是天门口人要留下铁匠铺的最大理由。

油坊有老少十几个榨匠，当大师傅的榨匠，一半由主人定，另一半还要听从其他榨匠们的意见。别的榨匠有本事也只是一两样，要么榨出来的麻油特别香，要么榨出来的桐油特别亮。余榨匠本事高强，菜油、麻油、棉油、桐油、茶油、花生油，还有皮油和梓油，样样都能榨出上等货色。榨麻油和菜油要筛后炒，榨桐油和梓油既要蒸又要炒，其间舂碾炒蒸筛选风簸无所不能。在西河一带开油坊，最赚钱的是榨皮油和梓油，从树上柯<sup>①</sup>下来的木梓筛干净后，先要上灶蒸软，这是第一道关——蒸硬了，出的皮油质地好，量却很少；蒸得太软了，则相反。在比人还高的蒸桶面前，余榨匠左转转，右转转，用巴掌拍一拍，用拳头捶一捶，再用段铁匠专门打制的铲子敲一敲，就会吩咐是继续烧几把火，还是得立刻将灶里的柴禾撤了，开始往外取料。同一只桶里蒸出来的木梓，如何放进石碓里舂也有讲究。一般人想来，分出桶底和桶顶是有道理的，偏偏余榨匠有时候会从中间开始。舂好的木梓还要过一次筛，将里面的黑籽分到一旁，另选时间再榨梓油，留下那些白得像猪油

———————
① 湖北方言，即剃、削之意。

的东西，重新上灶蒸一遍，然后套上模压成饼，趁热装到油榨上，抱起撞杠，一口气不歇地对着不断加上去的檀木楔子猛撞。随着装油的桶大桶小，渗出来的油冷却后，就会按装皮油的木桶大小凝固成一个个轻重不一的皮油。按照规矩，撞杠一停，接油的木桶就得移开，剩下来没有滴尽的不管什么油都归油榨的主人所有。为了留住余榨匠，住在上街的油坊主人将这份额外的油水全给了他。余榨匠一次也没独吞，哪怕只有一滴油，他也要分成十几份，一个榨匠都不会落下。

轰轰烈烈的铁匠铺和油坊的对面完全是另一番景象。眼看着春天来了，桑树枝上冒出三三两两的嫩芽，家家户户的女人就忙着将隔年的簸箕和晒筐背到西河里洗净晒干，然后将用打湿的草木灰包裹着在墙上粘了一年的蚕子小心地请下来，用棉絮包好。天气好时什么也不用管，天气不好就得放进女人的被窝里，像母鸡孵蛋那样将蚕蚁孵出来。蚕蚁要蜕四次皮才能长大，快的只需二十天，慢的得一个月。女人看到大蚕通体透亮时就会兴奋不已，虽然自己吐不出那根绵绵不尽的丝，却也像大蚕那样将头昂得高高的。大蚕很快就将自己裹进蚕茧里,等着女人来摘。女人一开始摘蚕茧,铁匠铺和油坊对面的几家人便格外忙碌。这几家的女人从不养蚕,她们从别人那里买来蚕茧,在家里砌一只专门的灶,架上一口大锅,从早到晚不间断地煮蚕茧。煮好的蚕茧被及时地捞起来,她们用手指一捋,就从那些比麻还乱的蚕茧上找出一根头绪放到缫车上,徐徐缓缓地缫成一卷卷的丝。最早会缫丝的女人是从黄州一带嫁过来的,女人带来娘家世代沿袭的手艺,并将它传给自己的后人。蚕茧上市的季节,这些人家不惜将人情用尽,也要赊账多收一些新鲜蚕茧,烤成干茧,以便养蚕的季节过后,还可以继续缫丝,维持一家人的生计。坐在缫车前的女人格外动人,不是滚烫的蚕茧逼得她们只能穿很少的衣服,也不是一首首好听的歌曲不时地从她们嘴里溜出来,缫丝女人的多情大部分缘于身心上无法排遣的痛苦。被烈火煮得又蹦又跳的蚕茧,从锅里捞起来后,为了不让它们变冷,还得连同热气腾腾的开水放在一只小木盆里,女人从蚕茧上找出蚕丝的头绪也好,蚕丝断了或打了结也好,哪怕再烫也得用手指去解决这些问题。缫丝时的女人越笑越忧伤，唱的歌越多越觉得悲凉。

从下街往上街走，在一片没有像样手艺的人家当中，夹杂着两户篾匠。一个是余鬼鱼的哥哥，另一个是余鬼鱼的弟弟。一年到头，几根长长的篾片像长了根的葛藤天天从门里伸到门外。师傅坐在一只小板凳上，徒弟坐在另一只小板凳上，一人拿着一只篾刀，四只眼睛望着门外，看不出如何用力，手里拿着的篾片就会在所向披靡的刃口下，均匀地分出篾青和篾白。篾白是篾匠自己的叫法，别人都将篾白叫作篾屎。同篾青分开后的篾白除了当柴禾烧，唯一能派上的用场就是编成篓子，用来装栗炭，运到山外去卖。这样的机会并不多见，烧栗炭的窑都在山沟里，附近就有更加结实的葛藤，用不着跑到山下来拿这些遭人嫌弃、只能与屎尿为伍的篾白。篾屎当柴禾时，文不如松毛，武不如劈柴，放进灶里，说燃全燃，说熄全熄，忽冷忽热的，煮粥糊不了汤，蒸饭半生不熟，并容易将锅巴烧焦。篾匠兄弟年年都要为这毫无用处的篾屎吵闹几场。起因总是几样固定的事情，要么是两家的篾屎搅到一起了，要么是这家篾屎太长伸到那家的地界里，过路人没细

看就先数落那家不该挡路，那家吃不起冤枉就跳起来骂
这家。吵也罢，闹也罢，出头的都是徒弟，手拿巴掌宽
的篾刀，彼此的指尖都快挨着了，一个说要割对方的鼻子，
一个说要割对方的耳朵。无论哪一次，都没有闹到无法
收场的地步，该骂的话骂得差不多了，这家师傅就会出面，
做出一副要将自己徒弟拖回屋里揍一顿的样子，嘴里也不
忘提醒对方，如此恶徒，再不管教，到头来就会出手打
师傅。这种吵闹大都出现在没事做的季节。下一次再吵闹，
先出面规劝的一定是那家师傅。隔着一条小街斜对门的两
家同行，在生意上都有默契。一家做了竹床没卖出去，另
一家决不会再做竹床摆在外面；一家编的细竹席还在墙上
铺陈，另一家要做竹席也只会做粗篾的；一家门口摆着烘
篮、箩筐，另一家门外一定会摆上簸箕、筲箕。买主多的
时候，兄弟俩会高兴地坐在门口，一边做事一边挖古。毕
竟是亲兄弟，相互间从不做挖墙脚抢买主的事。闲下来时，
买了竹子，劈成宽窄厚薄不一的篾片，泡在街边的小溪里，
备着急时现用，才是他们暗暗较劲的时候。说劈竹子大
家都劈竹子，看谁眼力好刀工也好，找准中线，一刀下去，

所有竹节全开了不说，劈到另一头仍旧丝毫不差地落在中线上；说劈薄篾大家都劈薄篾，比谁劈出来的篾片薄得可以当成窗纸；说刮篾青大家都刮篾青，比谁能将篾青上深浅不一的竹粉刮得恰到好处，露出像女人肌肤上半隐半显的血管一样的颜色。争是争，吵是吵，买主从不嫌弃，有时候本不想买他们的东西，或者还没有想好要不要请他们去家里做篾器，听了他们的争吵，反而改变主意要买货或者当机立断发出邀请。

在爱吵爱闹的篾匠旁边住着一个姓叶的剜匠。与一天到晚说个不停的篾匠相反，剜匠是个有嘴不说话的哑巴。哑巴剜匠一个人住着一明两暗三间屋子，只要不同他说话，光看面相没有觉得哪里不顺眼。就因为一个剜字，让人想起剜心剜肝剜肺剜眼睛剜嘴巴等大不吉利的事，做剜匠这一行的人非常少。一条西河从成千上万人家门前经过，有些人会逆水而上，躲进山里，搭一架棚子，找到合适的树，砍倒了，锯成一节节的，剜成大大小小各种样子的瓢，挑着担子到离家很远、没有亲戚熟人的地方叫卖，敢于明明白白开铺子剜瓢卖的仅有叶哑巴。也是因为一个不吉利的剜字，当剜匠的人历来难于娶亲成家。哑巴剜匠四十岁时才找到一个肯同他一起过日子的寡妇。过了一阵有女人的日子，哑巴剜匠又成了单身。为此哑巴剜匠将家里剜好的瓢全砸碎了，试着做别的事。半年之后，哑巴重新捡起老手艺。事实证明，别的事他做不了，再加上那些要瓢用的人，离开他就不知还能找谁。死了女人的哑巴，剜的瓢越来越精致，新剜的木瓢上多了一幅女人的雕像，看上去很像死去的寡妇。哑巴也怕自己的痴情惹得别人不高兴，除了自己用的那把木瓢上的女人雕像留着与寡妇相同的鬏巴，所有卖出去的木瓢上雕刻的都是只有没出嫁的女子才会有的大辫子。每天里陪哑巴最多的是那把小山弯得像初三初四的月亮一样的凿子。没有女人的日子里，哑巴将卖瓢所赚的钱大部分用来买酒喝，喝醉了就睡觉，偶尔有买瓢的人顺口提起要替其做媒，哑巴马上将凿子孤零零地插在木头上，打着手势表示，他已不想女人了，一个人将日子过到死时为止。

同哑巴剜匠相比，隔着几扇大门的木匠家要热闹许多。木匠通常都在别人家里做事，哪家要嫁女儿了，需要置几抬嫁妆，大到可以放六床棉絮或七八担稻谷、放下盖子在上面铺一床被子就能当床的睡柜，小到只能放几枚针几根线几只耳环几只戒指再加两只手镯的首饰盒，也只能点别人家的灯，用别人家的油。娶媳妇的人家更是这样，普通的架子床做好后轻易移不动，那种一进两重或三重的架子床更是只有拆散了才能挪地方。最大的生意是做新屋，所有主梁、桁条、椽子以及门窗户扇等，都得在现场打造，一块树皮一片木屑都没流落别处才吉利。木匠动手之前，一定要先请人来一番祭祀："天上紫云开，诸葛孔明下凡来。不为刘备扶大汉，只为大汉选良材。"木匠开始动刀动斧时要杀鸡祭梁。梁造好了，要抬到屋顶上架起来，更是少不得再来一场祭祀："东君今天起华堂，左边修的高，好挂乌纱帽，右边修的高，好挂紫龙袍。修大屋，如打三阳黄伞。修大门，好出状元榜眼探花郎。"木匠一喊，大家便跟着一齐喊，将粗大的主梁云一样平平稳稳地抬起来安妥。木匠师傅不常在家，家里照样会热闹。木匠的手艺好不好，最容易见出高低的是箍木盆、木桶。从放在房里的洗脸盆、洗澡盆、马桶，到摆在外面打豆腐的黄桶、杀猪用的浴桶，先看漏不漏水，再看箍了几道箍，还要看箍粗箍细。不管是桶还是盆，打的箍既小又少还不漏水的才是最好。木匠高兴时爱说笑话：论伺候木头的手艺，还是哑巴剃匠的最好，剃了成百成千的瓢，不用箍也从不漏水。木匠这样说话，其实是在自夸。给木匠当徒弟，说是三年出师，三年满了，不管手艺学得如何，也不管师傅是不是送了表示出师的全套工具，都得求师傅再带三年。同别的行当一样，徒弟带得越多，师傅的声誉就越好。木匠带了四个徒弟，先来的两个带在身边做事，后来的两个留在家里，帮忙种那不到半亩的一块田，还有砍柴、兴 ① 菜、带孩子等种种杂活。到了第二年上半年，后来的两个徒弟才能按木匠的吩咐，拿上一支废凿子，往那些箍好的木盆和木桶缝里塞锯木灰。若是木匠觉得满意，便会找些木料，让徒弟用锯和斧头加工成一块块粗坯。不到第三年的最后几个月，木匠是不会让徒弟碰一下刨子的。由一块块木头拼起来的木盆和木桶，做没做好装水一试就一清二楚。刨是最重要的工序，刨得不平，填再多的锯木

————————
　　① 湖北方言，种植。

灰也没用。三年学徒期满,当徒弟的必须如此做给家人看,那些从师傅那里偷了一些手艺的, 也不敢露出所学的本事, 聪明一点的故意显得很笨拙。望着漏得像筛子的木盆和木桶, 师傅不会检讨自己教得不好, 只会告诫徒弟, 出去以后不要说自己的师傅是谁。徒弟也好, 徒弟的家人也好, 这时候就要说许多好话, 求木匠再带三年。木匠顺水推舟, 留下徒弟, 还大度地表示, 以后, 他会在过年时, 看情形给徒弟一个封包。木匠带在身边的就是这样的徒弟。对他们, 木匠若是凶了一次, 下一次必定会客气许多。徒弟们也异曲同工, 今天惹木匠生气了, 明天一定要想办法将木匠奉承得笑眯了眼。好几次, 木匠喝醉了酒舌头没管束, 就实话实说了:当师傅的若是不留一手, 用不着老,就只有去喝西北风。若是不将徒弟多留在身边几年, 拉大锯、抢斧头的事谁来干? 若是还得自己去干, 这师傅就不是人当的。

因为当家男人外出游乡找雇主去了, 不少人家大白天也会半掩着门, 街上闹出再大的动静, 屋里的女人也不会将门完全拉开, 顶多将身子藏在门后, 探出半张脸看一下。她们的男人，或是补锅的，或是补碗的，或是补缸的，还有当补鞋匠、磨刀匠、油漆匠的，上半月走在西河左岸上，下半月又往西河右岸跑，只有睡着了才能安定下来。这些以游乡为生的手艺人中，只有剃头匠出门时心里有数。西河两岸，哪些人是半个月剃一次，哪些人是二十天剃一次，哪些人是一个月剃一次，哪些人是两个月或者三个月剃一次，他早就摸熟了，上一次剃头时，就已约好了这一次，再去时，又会约好下一次上门时间。油漆匠的处境也比较好，下半年有许多娶亲嫁女的好时辰，从中秋前一个月开始，油漆匠的雇主就明显多起来，有时候一天当中就得跑来跑去地照应两三家。他们到处跑不全是找雇主，而是给东家的柜子做了头遍漆后，不能坐在那里等漆干，要赶到西家给已上过一遍漆的架子床上第二遍漆。与剃头匠和油漆匠相比，其余匠人完全靠运气。谁家锅烧炸了，谁家碗摔破了，谁家缸碰裂了，都是天上的鸟儿边飞边厮屎，猜不出什么时候落在什么人的头上，碰上了是运气，碰不上也是运气。正好碰上了，人家说不定还要将就着先用一阵。手艺人中，要数当裁缝的过得最快活，既可以在家里搭座台子，等着雇主上门，又可以夹着剪刀、尺子，拎着被炭火烤得黑不溜秋的熨斗，去雇主家里。不管在雇主家还是在自己家，各种布都要摊开当面用尺量清楚。从这一刻开始，裁缝就在谋划，如何才能省下可以悄悄地占为己有的一整块布。实在做不到时，也会从剪下来的布角中挑一两块稍大的揣进怀里。偶尔不小心露出马脚，裁缝也不慌张。有户人家在请裁缝上门做衣服的同时，还请了砌匠搭梯上房将漏雨的瓦翻盖一下。裁缝往怀里塞布，正好被房顶上的砌匠看见了。砌匠没有声张，顺手将一块瓦塞进怀里。下来后，砌匠故意摆弄着怀里的瓦，在莫名其妙的主人面前说，砌匠偷瓦，裁缝偷布，这可是天经地义的事。裁缝满脸在笑，说自己起早赶路不小心阄①了风，放块布在怀里是想暖暖肚子。裁缝拿出来的布被女主人递回来，让他继续温暖自己的肚子。俗话说：裁缝不偷布，三天一条裤。在别的手艺人眼里，裁缝若不遭人嫉妒，简直就是天下最不公道的事情。这一行从不受日晒雨淋，也不用出死力累得黑汗水流，

---

① 湖北方言，即敝、受之意。

一年到头脸上白净净的，说起话来也细声细气，若不是背有些驼，腋下又夹着那只包着剪刀尺子的士林蓝布包，很容易被错认成饱读诗书之人。

在天门口，还有两样不叫手艺的手艺。秋后的夜晚，轰轰响的油坊和铁匠铺休息时，各家各户的纺线车才有机会发出嗡嗡声。轻柔的纺线车声将躺在摇篮里的孩子哄睡着了，那些没事做像苕一样坐在屋里的男人，也难抵挡一阵阵挂在眼前的睡意，头一低就打起鼾来。摇着纺线车的女人也能双手不停地睡一会儿。只有女人家那快要长大的女孩子，一刻也不肯合眼，坐在树墩做的小凳子上，半只脑袋偎在女人怀抱里，一只眼睛盯着反转一阵、顺转一阵的纺轮，另一只眼睛则随女人扬一下、松一下的手臂不断起落。女孩子不时地哀求，要女人歇一歇让她纺几下。有时候有回答，有时候没有回答。没有回答不是没有听见，而是不想回答，这样的声音，哪怕睡着了，女人也听得见。女人纺线的棉花绝大部分是从富人家里称来的，一斤棉花一斤线，将棉花纺成线还回去时，仍然要用秤称，少一两棉花就得赔一斤米。将五斤棉花纺成五斤线，才能从富人那里得到一斤米当工钱。女孩子纵然从没摸过纺线车，也不会将棉花弄没——这也是不可能的，线没纺好，可以从亭子杆上将线拆下来夹在棉条里再纺，一点绒都不会损失。女人担心的是发棉花给自己的富人。上街的富人都不高兴女人用他们的棉花教手艺给女孩子。女人偶尔会将线纺得太粗或太细，原因不在女人，都是棉花没弹好，或者是将弹好的棉花做成棉条时某一部分松紧不匀造成的。女人手里出现这些问题时，纺线车的嗡嗡声同正常时一样，听不出任何不同。在女孩子手里就有区别了，夜深人静，不和谐的声音一传就是半条街，瞒不过任何人。很多时候，女孩子说话只是表明内心的渴望。她明白，一旦富人听见纺线车在乱响，纺完到手的棉花后，要看女人纺线就得上别人家去。女孩子学会纺线大都在出嫁前一年，这一年，家里哪怕只有三分地，也会兴上十几棵棉花，花红絮白，结半斤棉花或结两斤棉花，对女孩子都是大丰收。纺线车一摇，就将自己摇到婆家去了，女孩一旦变成女人，曾经轻盈优美比唱歌还动听的纺线车，就成了没完没了的叹息。做梦一样的纺线车流传得很广，不过，天门口

● 如今难得一见的石磙碾盘

下街人人都会打草鞋才是流传得最广的。不问男女，从能在地上爬开始，家里的人就会塞一把没有用石磙碾过的稻草在手里。聪明一点的孩子，三岁就能在草鞋耙上为自己打草鞋了；五岁时，打出来的草鞋就能够与大人打的草鞋一起堆在门口，等着别人来买。一双普通的草鞋，穿上半个月前掌后掌就没了；在稻草中夹进一些旧布条或者黄麻或者白麻的，能穿一两个月；全部是布条、黄麻和白麻，沾了水赶紧晒干，一年下来也不一定会破。那些自己打给自己穿的草鞋也差不多如此。因为天门口的草鞋，大多是女人打的，一年到头总有人来买。买草鞋的人还硬

要说，天门口的草鞋既养脚又耐穿。那些散住在小街上的
簰公佬，每次放簰总要带几提草鞋放在簰上，有时候也
卖到外地去，更多的是用来送给那些在水上行走的同行。
余鬼鱼就曾扳着手指算账，那一年他一个人就往外带了
八十几提，每提十双，共计八百多双草鞋。

　　天门口人家的山墙是风水龙头，是一家一户接阳气
的高台，也是后世后代出人头地的指望，哪怕只高一片
瓦都不行，一家高多少，另一家就会低多少，这是哪怕
打人命<sup>①</sup>也在所不惜的事。打输了，就算变鬼也不能使对
方如愿得逞。家境再富，相邻的山墙也不能比别人家的高。
从下街往上街看，以紫阳阁和小教堂为界，下街房子山墙
全是一般高，迎街这面也整齐得像是一刀切下来的，区
别之处都在背街一面，家境宽裕的在自己家两道山墙延
伸而来的界线之内再砌几间房子，左邻右舍都不会干涉。
上街人家比的是房顶上的阁楼。做阁楼的材料一律用既
轻又结实的杉木，门扇上的龙雕得好，窗户上的凤画得好，
四角上的飞檐对称安放着朱雀与玄武。富人家的阁楼是用

---

① 即械斗。

银圆堆起来的，实际上一点用处也没有：春季招雨淋；夏季太阳格外晒，从四周黑瓦里冒出来的热气下半夜还不会散；秋季太干燥；冬季一开门窗，四面的风像四把尖刀往身上钻。对于富人，阁楼之所以必不可少，因为可以站在上面冲着整条街大声欢笑。

二〇〇五年元月于东湖梨园

# 寻找文学的
# 绿水青山

世界从来不缺资源，缺少的只是人对资源的正确理解。因为南水北调工程全线通水一周年的缘故，第三次来到被称为中国水都的丹江口市。此时此刻专门用来长途行走的鞋上，还沾着珠穆朗玛峰的尘土。面对与羊卓雍湖相差无几的丹江口水库，心中闪现出这句话。

这是一场与山水盟约的长途行走。

天气还是三伏，人还处在从高原下来必须享受的醉氧状态，被漫无边际的清流浸润着的山野，连道路都被花花绿绿掩映成眼花缭乱的五彩。

从丹江口水库大坝起程，到南水北调工程渠首所在地陶岔的途中，大约是走错了，很长时间里汽车在不知名的小路上行走。青油油的玉米拂过左边车窗，亭亭玉立的芝麻拂过右边车窗，甚至还有硕大的南瓜、修长的丝瓜毫无顾虑地垂挂在小路中央。千千万万的玉米铺陈得越来越宽阔，绵延的山丘上开着没完没了的碎碎密密的土豆花。这景致让人心中浮现出某种熟悉的艺术气质。在无边的原野与起伏的情愫发生契合的那一刻，我开始问同行的青年画家李瑾，似这样用几个人的庄稼和几只鸟的树林蔓延开来的原野，是不是很像俄罗斯人笔下的母亲大地？在圣彼得堡留学六年的李瑾用一种久违的惊喜作了回应。

我由衷地崇敬母亲大地，也同样崇敬不轻易说"祖国"但时刻不忘用口语或文字来表现"母亲大地"的俄罗斯人。能够率先写出母亲大地这一敬语的作家，是身处时代喧嚣与世事纷杂的母语作家们的无上楷模。

行走者且继续，在鄂豫交界的深山里扯上天边的俄罗斯，如此前行另有意义。

到达渠首之前，曾与一条规模颇为宏大的人工渠擦肩而过。车上的人不无疑问地说，这就是"南水北调"？这样的说法是我们对南水北调中线工程的简称。很少对陌生事物下断言的我，盯着那水渠上上下下看了十几秒钟，就决然地表示，绝对不是！说话时，除了山坡上一条通向水渠的小得精致的排水沟，与一直以来普遍宣称南水北调中线工程为完全封闭体系的说法不相符合，让我持否定态度的是这水渠气质上完全不对，怎么看它都觉得俗不可耐。所谓天降大任于斯，南水北调应是万千气象于自然、千秋功业于人间，少一分、短一寸都不对。

终于到达陶岔！终于到达渠首！一路走来，五百公里各色道路的曲折颠簸，在见到那一泓清流之际，顷刻间便化作汉水丹江那样地老天荒的平静。于心于情都没有超乎意外，被敬为天之津流的南水北调就应当是这种模样——宏阔壮丽，襟怀坦荡，逆流向上是国运在此舍我其谁的担当，顺水朝下则成争分夺秒时不我待的奋发。

在丹江口水库，还能分清哪是汉水，哪是丹江。私下里人们免不了愤愤不平，那些得益于南水北调的人，只顾向河南致谢，却不知丹江口水库库水百分之八十五来自湖北的汉水，来自河南丹江的水只有那剩下的百分之十五。渠首之地四野安宁，烟波浩渺中仿佛飘来那首童谣：

"南阳诸葛亮，稳坐中军帐，摆起八卦阵，单捉飞来将。"
这几年关于半人半仙的诸葛亮是襄阳人还是南阳人不知
喷了多少唾沫星子，好好的这首童谣都被弄得变了味。假
使这童谣般美妙的绿水青山，因一两句感激或没有感激的
话而坏了壮丽的本意，那就是自己对不起自己了。

我开始怀念刚刚过去的那一声对着土地上的玉米和
芝麻下的土地的惊叹，那样的惊叹果然不是没来由的。在
俄罗斯情怀中广泛使用的"母亲大地"面前，一切获得与
付出，一切感恩与忏悔，一切辉煌与淡出，都是不可以得
意和抱怨的，重要的是曾经存在，曾经热爱。

汉水丹江合为一泓清流，翻过那道不太起眼的分水
岭，说是一路逆袭，其实是悠悠荡荡，款款闲闲，沿着中
原大地上人工修造的明渠和渡槽，絮语轻风就将几千年逐
鹿沙场的人和事全越过了。老的集镇，新的城市，花的村
舍，树的街巷，几个涟漪就被摇晃着甩在若有若无的波
光里。

无论如何，水流向北不该这样容易。于是就有黄河

天堑横在面前，君自远方来，试问是飞渡还是沉潜？

　　站在邙山上，唯见浩瀚水波，朝着巨大的黄土山坡无边无际地扑将过去，一样的清流还在黄河南岸，一样的清流已在黄河北岸横空出世。南来水，南模样，每一滴水都不作改变，每一丝潮湿仍滋润如常。

　　文学的模样也是如此，清流一样的文学，将悄然流淌作为写作，再在他人意料中用意料之外的方式横空出世。黄河很长，南水北调也很长，让它们在郑州城外完成历史与现实的合纵连横是一个巨大的寓言。在我们面前，似乎是人与自然在为当今文学作一次共同印证。比如前些时在可可西里的沱沱河边，传来消息说《生命册》入围第九届茅盾文学奖前十名；恰好在丹江口又获悉《生命册》最终获奖。于是一次又一次地想起一九九五年夏天头一次到郑州，在李佩甫家吃过的小米粥。一次次地回忆着小米粥，一次次地将这小米粥想象成北方土地出产的美食和美味。除此之外，竟然再也想不起成名甚早的李佩甫，在作品以外，还有哪些动静与声音？

　　再到郑州。再次在郑州见到李佩甫。虽然有众星捧月般簇拥，面对照相镜头，但见头上每一根白发都挂着唯有男人才有的诚恳的羞赧。

此前在亚洲最大的 U 形输水渡槽湍河渡槽上，画家李瑾给陪同行走的那位小伙子画了一张速写，在她的画笔下，如此世界级的工程管理者是那样腼腆与害羞。在《圣天门口》中曾写过一段话：会害羞并且懂得害羞的男人，是值得女人去爱、去信赖的。而这个世界上，最会害羞并且最懂得害羞的恰恰是我们脚下的土地以及依赖土地生长的万物。

男人害羞是因为心存敬畏。一头扎进邙山的穿黄工程，也是心存敬畏，才没有选择大煞黄河风景的方式。李佩甫用一只手撑着不小心扭伤的腰，整个人简直就是二十年前受车祸重伤初愈的模样。一个能将伤痛系在腰间沉潜二十年的作家，一如引滔滔清流暗渡泥沙无数的穿黄工程，最迷人的气韵正是秀逸的南方山水兼容了沧桑北方的浑厚，不是真功夫也是真功夫，没有真功夫也会练成真功夫。如此，几百里流淌到达黄河，汉水丹江的气质不是文采也是文采。

敢于汪洋肆意地想象一棵大树的人，往往是只见过一片树叶。见过许多大树生成的森林的人，却是万般景仰地描写一片叶子。表面上浩浩荡荡的南水北调，一见到苍凉旷世的黄河，便不顾一切地往地底下钻。那样子颇似没见过世面的孩子，在见到陌生人时，总会下意识地躲进母亲怀抱里。南水北调在郑州城外用倒虹吸方式穿越黄河，简直就是理想文学状态的钢筋混凝土加盾构机的魔幻表达。

向北流淌的水，在一千四百三十二公里长的距离里，华北大平原十分苛刻地只给了一百米的落差。多数时候来自汉水丹江的清流，即便受限于一眼望不到头的钢筋混凝土建筑物，仍固执地保留本该去往南方的奔放与洒脱，那种既清凉又忧郁的样子总以为是心也不甘情也不愿。南水北调到了安阳，十分路程去之有五。如果这水真是背井离乡之人，那将是情绪好与坏都必须爆发的节点。

追随故乡的水来到安阳，便注定了要在安阳发生与水相关的故事。对安阳的寻访，本是回避这不尴不尬的节点，腾出思绪与情怀，拜访举世闻名天下无双的青铜国宝后母戊鼎以及写就中华文化辉煌的殷墟甲骨。

还是那句话：念念不忘，必有回响。车载导航系统领着我们走进安阳博物馆后，我们才惊奇地发现，展览大厅里展出的原来是南水北调中线工程河南一地的出土文物。

自汉代开始的天干地支纪年法之前，有文字记载说，中华故国普遍使用木星行经次数纪年。传说归传说，一直以来没有考古发现给予支持。在紧邻湖北的淅川县徐家岭楚国大夫级贵族蔿夫人的墓中，发现的刻有"唯正月初吉"等四十九字铭文的小口鼎，将千古不朽的"岁星纪年"传说变为铁打的史实。

在蔿夫人的淅川，那叫王子午鼎和克黄升鼎的青铜重器，几乎要改写被两湖之地尊为文化之宗的"楚"的历史。荆山楚水，芳华绝代。春秋逐鹿、英雄旷世的楚庄王，其儿子王子午铸铜铭志要恭敬而严肃地对待祭祀和盟誓，行事要有胆有识无所畏惧，要小心谨慎避免错误，要施行德政又不失威仪，要保卫社稷根本，又要照顾国民意愿，急民之所急。如此治国安邦将是何等了得！那个叫克黄的重臣，面对满门抄斩的横祸，仍回郢都复命，让亲自下达必杀令的楚庄王感慨：死不逃刑，乃忠臣也。王子午、克黄二人归葬之所，相距只有四百米。按照春秋礼制，都城可以迁移，宗庙则不可废，皇亲国戚死了，必须埋在宗庙旁边，路程再远也要入土归宗。如果淅川是他们归宗所在，岂不是楚国始都丹阳便与之同在了？在文学上，关于屈原的个人史与诗歌史岂不是也要重写了？

流水一样带来十万六千余件珍稀文物，件件都是平地响起的文化惊雷。刘庄先商墓地、唐户史前遗址、关帝庙晚商遗址、固岸北朝墓群、娘娘寨西周古城、胡庄韩王陵及其他地方的一共八处遗址，先后入选二〇〇五到二〇〇八年间的年度全国十大考古新发现。往事一旦流现，每一样都是中华文明史上的浓墨重彩之笔。

不能不说、也不能不惊艳的还有一路上载着我们千里奔驰的汽车车牌上挂着的那个"鄂"！在南阳市区东北方向十公里白河东岸的夏饷铺村北边的二十余座古墓里，竟然找到已经消失两千六百年、与江汉大地血脉相关的古鄂国的巨大踪迹。千人之诺诺，不如一士之谔谔。今之鄂，当通古谔之用途，否则怎不愧对史上最早为鄂字留名的鄂侯？

真正让人觉得气定神闲的是新郑市区的唐户遗址。曾有西方学者立过"中国文化西来"之说，原因在于中国只发现有新石器中期的仰韶文化和新石器晚期的龙山文化，却不见新石器早期文化踪影。在唐户遗址，中华高古文明之根扎得太深广了，逆龙山、越仰韶，后来被命名为裴李岗文化，将八千年前人类在中原地区的巨大聚居地，活灵活现地展现在世界面前。

沟湾遗址、凌岗遗址、龙山岗遗址、马岭遗址、全岗遗址、前河遗址、上凌岗遗址、下王岗遗址、下寨遗址……太多的实物与图文，只需一个恍惚就变成连天接地的清流！

清流！清流！那么好的水，一到华北平原就变得恋恋不舍！那么美的水，一到华北平原就学会沉迷凝重！却原来是太多太灿烂的高古与远古文化在迷恋着太多迷恋。回到水边，回到原本牵扯着我们一路从汉水丹江北上的熟悉的清流边，就连水中倒影都记得画家李瑾在那一排排堪比大军列阵的彩陶面前，如少女般泛起潮红的脸庞！那欣喜，那崇尚，正如青春洋溢的南水北调，骨子里是彩陶流成的河！

安阳博物馆大厅摆着二十几块展板，每块展板上各写着一个极难辨认的青铜怪字。同行记者读过《蟠虺》，轻声笑道，这是从《蟠虺》中偷师的。我也笑，博物馆的人读这小说很正常，不读这小说才很可笑。

安阳博物馆内各种各样的门都闭上了，一行人还在磨蹭。心中挥之不去的没有见到后母戊鼎的莫大遗憾，直到晚间，才稍有释怀。毕竟长篇小说《蟠虺》是写青铜重器的，明白那些数千年藏于地下的器物，没有灵性也有灵性，见与不见之间，存在着说不出来的运气成分。心中坦然了，好消息也来了：如斯国宝正在殷墟博物馆展出。于是临时决定改变行程，第二天一早便赶了过去。

走进殷墟博物馆大门，此行的核心成员老赵就冲着一位工作人员问，大方鼎在哪里？听得我心里一愣，原来老赵也知道后母戊鼎通常被称作大方鼎。

　　老赵名叫赵久富，是团风县黄湖新村党支部书记。在武汉举行出发式时，我曾对老赵说，自己去过他家两次。老赵一脸惶惑，以为是在诓他。我是真的去过，一次是带了一群作家去他们村采风，另一次是跟着一群实业家去他们那里看看有没有投资项目。两次都有县里主要领导陪着，我故意取笑他只记得书记县长。老赵有些不好意思，便将也是团风人的我一声声地唤作老乡。其实，老赵是个本分人，刚与我互称老乡，转过脸去，便左一句我们郧县①，右一句我们汉水，完完全全是那早已沉没在丹江口水库最深处的郧县汉水边上人。

　　几年前，老赵带领全村人，连带村小学、村卫生室及饮食、风俗和方言等全部文化载体，一样不少、一个不漏地搬迁到我的家乡团风县。沿南水北调中线工程一路走来，老赵是团队中最受欢迎的人。每到一地，主客双方刚介绍完，对方就会跨步上前，紧紧握住老赵的手，好一阵才肯放手。

　　作为南水北调工程上百万移民的突出代表，老赵被

_____

　　① 今十堰市郧阳区。

评选为"感动中国 2014 年度人物"。在嘴上我一直都是他的老乡，在心里十堰、郧县、汉水才是他唯一的故乡。只要有十堰郧县一带方言响起，老赵便毫不犹豫地告诉我们，他要去同老乡说几句话。

很难说老赵是从何种途径知道"大方鼎"的，印象里他最关心的是南水北调工程明渠中一群群名叫参子①的小鱼儿。在陶岔渠首见到第一群参子鱼时，老赵就不容置疑地断言，这小鱼儿应该可以游到北京去。在郑州倒虹吸穿黄工程现场，讲解图示清楚表明，南岸进水采用弓弯向下形式，到达北岸后的出水方式则用垂直竖井。有人提醒老赵，如此巨大的水流变化，只怕是小鱼儿难以承受的。老赵一脸轻松地笑了笑说，当年在汉水边用炸药炸鱼，那些浮在水面上翻白的鱼只是被震晕了，若不赶紧下水捡，那鱼马上就会醒过来跑得影子都看不见。小鱼儿命大，通过倒虹吸管没问题。

老赵一路关注明渠里的参子鱼自有他的道理，有这些小鱼儿在，南水北调的水才会像汉水丹江的水那样，原

---

① 即鲞，也叫鲞鲦或鲦鱼。

汤原汁地送到北京。

在殷墟博物馆，终于见到后母戊大方鼎。老赵看上几眼，照了一张相便出门。时间让我们也不能缠绵于后母戊鼎。我们出来时，老赵已在门外抽了好几支香烟。

夕阳西下时，向着北方行走的一行人抵达燕山脚下的漕河。如果当地人不说这是一条河流，如此干涸的样子，只有考古学家才会想象成河流。南水北调此时的模样有了重大改变，从华北平原上的款款而行，变为穿越燕山山脉的逶迤向前。在漕河，由南向北的滔滔清流，穿过第一座隧道，又跨过一座巨大的矩形跨河渡槽，在进入第二座隧道之前，来自老赵心中的清流出现一些不大不小的泡沫。老赵喊来管理处的负责人，脸色很不好看地问，这水为啥成这种样子了？那样子分明是在问责。负责人小心翼翼地解释，因为隧道加渡槽，落差设计比别处大一些，会产生较多的气泡。见老赵一副难以释怀的模样，我们也帮着找依据，甚至开玩笑说，如果觉得水脏了，那也是老赵自己弄脏的。在焦作，南水北调唯一一次穿城而过。因为是老赵，管理人员破例默许他沿着专用台阶下到水边，喝了一口来自家乡的水。除了老赵，除了管理人员，明渠流过千里，无关人员无法打湿一根手指。盯着泡沫看了好一阵，老赵才轻叹一声，黑黑的脸上，又出现在后母戊大方鼎面前显现出来的那种与诗意无关却事关历史的忧郁。

与汉水丹江分别的清流向北流淌一千四百三十二公里抵达北京。将华北平原与江汉平原置于同等情怀的一行人，与美名为中国水都的丹江口市分手后，车程整整两千五百公里才到达首都。不是水比人执着专一，也不怪人为水修筑了特殊捷径，是我们太想了解这天河一般流淌的大水，除了滋润数以千万计人口的生活之外，还会给京津冀豫地区的生态带来何种变化。

华北平原上无边无际的青纱帐正弥漫着收获在即的丰腴的成熟。阳光从东边照过来，东边的玉米高粱还是绿茵茵的，西边的万千阔叶已是金色如染。太阳划过中天之后，西边的植物看上去仍是盎然翠绿，东边的样样庄稼便迫不及待地摇曳种种秋色。有幸得到春雨夏露的北方大地，那表露心迹的意思早早写在天边。

又是临时决定的，只是这一次是出于对某种道听途说的兴趣，一行人出了保定，匆匆转往白洋淀。没有传说就没有文化。在丹江口水库大坝上，曾有资深人士指着一所房屋说，那是用来试验将汉水丹江的水与北京当地的水用何种比例混合在一起，才使喝惯当地水的北京人不会因喝了千里迢迢北上而来的南方水而肚子疼。这话的正确性比例达百分之九十五以上，余下不够严谨部分，构成对水土不服一类传说的宽容。天下人文元素向来喜欢并离不开传说，作为知情者人人都有责任见证传说，也有责任成为传说的一种。在传说面前是不能无动于衷的，不然传说就将死去。相比作家孙犁天赋文采的荷花淀，还有铁血抗日的雁翎队员，白洋淀让一群拥有洪湖、梁子湖和洞庭湖的南方男女略感失望。客观事实是，与我们相伴相随的汉水波光丹江水影，并没有像传说那样直接补充给一九八八年曾完全干涸的白洋淀。白洋淀生态的恢复是由于上游几座水库充分补水。这几座水库本是当地主要城市供水点，甚至还要省下部分水资源支援北京。由于有水从南方来，直接接入到城市的供水系统，那些水库才腾出手来接济白洋淀。

从南水北调渠首启程，追寻千余公里，带着故乡气息的流水从早到晚都在身边哗哗作响，除了老赵在焦作时喝过一口，一行人始终沾不着那如大河滔滔的清流中的一滴。在白洋淀我们终于尽情地戏了一阵水。与南方水乡相比，白洋淀的气韵相差并不太多。老赵依然不高兴。自从在漕河渡槽见到那些浮在水面上的泡沫，老赵没有一百次也有九十九次地反复表示对那泡沫的不放心，末了一定还要加上一句，我们汉水的水肯定不是这样的！有人请视线总在芦苇顶部以上的老赵低头看看船舷边的连绵水波。老赵勉强垂动一下眼皮，样子十分无奈，好久之后才问白洋淀面积有多大。听说有三百多平方公里，老赵又不说话了，不知他心里是否将一千多平方公里的丹江口水库进行某种类比，或者某种宇宙腾挪的幻想。

向北流传的水到了北京，被水流传的我们也到了北京。传说中的北京天空的阅兵蓝令人惊叹，更让我们惊叹的是在千年古都地下潜行八十公里后、在团城湖畔回到地面的清爽接天的汉水丹江的精灵。那强大得像爱情一样刻骨铭心永世不忘的气息，在极短时间里征服了既来自汉水

丹江口水库的清水由南水北调工程导引至北京的终点

之滨又来自黄州城外的农民老赵、既熟悉圣彼得堡更熟悉武汉三镇的画家李瑾，还有刚饮过珠峰冰泉又饮过清冽黄河的我。一群从故乡来的男女，拜倒在从故乡来的清流面前，一人一掬好水，冲着相隔一汪汉水丹江的颐和园玉泉山，大笑着喝了个满面开花！

老赵终于放心地大声说：是汉江的水！就是这种味道！我马上会心一笑，多年前自己不是写过一部名为《就是这种味道》的小说吗？真个是集万千宠爱于一身的资源从来就在眼前，只是需要问一声，我们有无眼光去发现？

用一百座密云水库、一百座怀柔水库呈现渴望怀想！再用一千条潮白河、一千条永定河表达对清流的顶礼膜拜！这是一万个冀豫村庄、一万个京津楼宇在张开大地胸膛；还要用十万尊后母戊大方鼎盛满汉水之水，还要用十万只粉彩花虫图盉斝斟满丹江珠露，再携上屈原和苏东坡留下的从来不少永远不多的荣誉品格，献给天下清流源源滋润的这个时代的绿水青山！

二〇一五年八月十六至二十二日于丹江口、安阳、北京

# 后　记

这两年，朋友来武汉，或者自己去外地，在一起说着话，总会情不自禁地提到高铁。而我也特别愿意与他们聊高铁。聊起高铁，就像聊自己开的汽车、自己种的蔬菜花草树木、自己写的满意与不甚满意的文字。

朋友圈内都晓得我不爱坐飞机，实在没办法时才硬着头皮去机场。最近一次是从太原飞杭州，原因是一家文学杂志的活动，原本说好不去，因为需要救场，而不得不临时乘飞机前往。正高兴碰上升舱的好事，从经济舱挪到头等舱，却赶上沙尘暴，飞机起飞时的那个难受劲儿，让我自此以后彻底放弃乘飞机出行。近两年，多次接到邀请，去云南、贵州、西藏、青海、新疆和内蒙古等地，一想到

去那些地方只能乘飞机，还没开口问去那里干什么，心里
就打了退堂鼓，又怕被人当成矫情，不好意思说不想坐
飞机，往往结结巴巴半天才让对方打消好心邀请的念头。
慢慢地，圈内人都知道了。前几天，中国作家协会来函邀
请我去参加博鳌文学论坛。我回复说，到海南岛的高铁修
通了吗？对方马上冰雪聪明地回应说是明白我的意思了。
一九九七年夏天，我从大连回武汉时，所乘飞机曾经出过
起落架和机翼都折断的大事故，尽管朋友们都劝，说等于
是消灾了，往后就不会再有了，在我心里却不是这样想的。
倒不是担心自己会成为世上罕有的接连遇上空难的倒霉
蛋，是因为自己天生不敢登得太高，只要不是脚踏实地，
就觉得自己不是自己。飞机不敢坐，一般的火车又太慢
和太乱。如果世界不做改变，于我真的是自废行走之功，
自绝于五湖四海了。

　　二十岁时，生平第一次坐火车，从武汉上车到洛阳、
西安、成都，再转重庆、贵阳、柳州，最后取道桂林、长
沙返回武汉，从西北到西南绕了几乎半个中国。那时候自
己正在工厂当车工，厂里有位采购员犯了严重的在今天来

看也是不可以犯了白犯的生活作风错误。受了处分的采购员被放到铸造车间当了一个月的炉前工，再回到原先的岗位上时，免不了闹点小情绪。那时我还很年轻，也不知厂里是怎么想的，竟然派我陪采购员出差推销本厂的产品。二十世纪七十年代的火车全靠燃煤作动力。更早的时候，家居的镇上铁匠铺换掉木炭，改烧煤炭后，带给小镇的工业气息，曾令一群少年在浓烟弥漫中欢天喜地地蹦蹦跳跳。二十世纪七十年代的火车，将童年时期对充满硫黄气味烟雾的夸张喜悦打回了原形。途经成昆线上火车要在山肚子里盘旋几个小时的大小凉山隧道，一开始还为其世界著名而自豪，半个小时下来，就感到一种身处地狱般的窒息。好不容易熬到出了隧道，打开车窗张大嘴深吸了一口外面的空气，那滋味很接近天堂的恩赐。这一趟跑下来，回到工厂后接连洗几次温泉，鼻孔里的黑算是洗干净了，身上的煤烟气味依旧隐约可辨。

关于二十世纪的火车，这还不算悲惨，最是一九九二年夏天从长沙去广州，那番经历才是真正的炼人之狱。下午四点左右，长沙的两位朋友先将先行上车堵着车窗口的乘客吼得放弃抵抗，然后硬是用四只手，将我从玻璃缝里推进人多得被大家齐声骂成"拉猪的"火车内。我一直相信那趟从西安开往广州的火车上的乘客，除了制造时称京广线上最乱最差的名声之外，还独创一系列乘车宝典：上车后双脚几乎不用沾地，用彼肩膀挂着此肩膀，用此腰肢撑着彼腰肢，任凭火车急转急停，绝不会有失去平衡的情形发生。后半夜终于得到机会蜷缩一下身子，在密密麻麻的大腿、小腿以及膝盖中蹲了半小时。原以为这是最困难时刻的最大享受，不料在腿缝中的一瞥让我发现，长条座椅底下竟然同样密密麻麻地平躺着许多比我这一蹲更为享受的男男女女。那天夜里，每到一个站，我都要付出极大的努力才不让自己冲动地跳下火车，中断这次行程。最终能熬到广州站，不全是个人毅力，部分原因是自己缺乏冲破层层阻拦去到车门的力量。车行一夜，也想了一夜。从最初妒忌那些有座位的人，到最后同情那些有座位的人，个中原因很有哲思，在同一车厢里不存在所谓的天壤之别。当座椅的靠背上趴着人，当座椅名义上的主人鼻尖贴着站立者的屁股，不同角色已不是用权贵与平民作区分，唯一的差异是坚韧与脆弱。

多年以来，关于火车的纠结，像感冒发烧一样每隔一阵就要犯一回毛病。有些地方有事不得不去，有高速公路之后，就多了开车自驾的选择，譬如去路途遥远的泸州、亳州、宁波和武威。我喜欢自驾时那种酷劲，只是来来回回，路上耗费时间太多，有些不划算。

因为如此，我现在喜欢与朋友开玩笑，说中国高速铁路是专为我这种德行的人设计制造的，甚至与他们说，等高铁修到你们那里了，我才去你们那里走走。从某种意义上讲，这两年我敢于不坐飞机也是被高铁娇惯的。待在武汉这地方，能切身感受到一百多年来在现代化进程中的三大机遇：一是民国时期京汉铁路的开通，二是共和国时期长江大桥的修建，三是如今像蜘蛛网一样向全国各地辐射出去的高铁的实现。

汽车没有改变我，过去与现在仍旧是那个安于写作的奇葩宅男。虽然常常有自驾去青藏的念想，那只是一百种人生浪漫之外的又一种。去年夏天坐火车去青藏，算是圆了这梦想的一半，虽然还是费时，但比坐飞机一下子就到了拉萨，其对青藏之美的身心感受，性价比少说也要优良十倍以上。那段旅程最难忘的不是藏羚羊，不是藏野驴，也不是神秘的可可西里，而是一只只站立在铁路边、拎着两只小小前腿盯着火车的可爱的小野兔。

电脑也没有改变我，过去与现在仍旧不大与太多光怪陆离事物、时尚风潮亲密接触。天天在电脑面前坐着，不过是将钢笔换成了键盘，将报纸换成了网页。

然而，高铁实实在在改变了我。首先让我深深喜欢上自己所在的城市。曾经以往，自己是何等不客气地批评甚至批判其恶俗与落伍。几乎是一夜之间，这座城市就成了无与伦比的出行极为便捷的高铁运行中心，其独步天下的优雅气质，在一夜之间改变了武汉形象，更是改变了自己因为不愿意坐飞机而尽量减少出行的习惯。二〇一三年全年，绝大部分时间我都关上手机，专心写作长篇小说《蟠虺》。如此誓与外界隔绝的状态，也没办法阻止我半年之内乘高铁去广州三个来回，去南京一个来回，去镇江一个来回，去北京一个来回，去上海一个来回，去济南一个来回，去长沙一个来回，加上从武汉至太原、从西安至武汉各一趟，还有已经买好了票，因故不得不退票往北京等地的好几个来回。最漂亮的一次是去中山大学办讲座，早上出门，到广州吃过午饭，小睡一阵，下午两点半开讲，讲座结束后，马上乘高铁回武汉，晚上十一点，又是老婆孩子热炕头的习惯景象。以至于家人都怪怪地望着我，好像我根本没去过广州。从今年已经发生的行程和已有计划的行程，借高铁独步天下的机会不会少于二十次。

高铁更让我改变了写作习惯。写作多年，成稿的多是大部头。相对而言，随笔散文一类的文稿，因为觉得时间上不合算，常常想写又不愿意写。坐上高铁后感觉就不同了，四五个小时的车程，独自一人时，只用来打盹太可惜，正好打开电脑，去时写好初稿，回程时细细改定，一篇短文就写成了。与朋友们聊起这些，也有不以为然的，说乘飞机也能做到这样，候机时、飞行时都能写一写。但朋友也承认，候机时不管飞机是正点还是延误，总令人心神不定害怕耽搁，飞行途中更是如此，不定什么时候就会有乘务员提醒说是遇到气流，小心颠簸，让人收起小桌板和电子设备，在这种环境里是写不出好文章的。

　　一个人坐高铁，可以发很深刻的呆。当时速超过早先习惯的最高速度时，身边那些司空见惯的恶习干扰就幻化成悄无声息的宇宙尘埃。

　　一个人坐高铁，可以读很艰涩的书。当熟悉的开花万物以不寻常的身姿飞跃时，悬挂在神经末梢上的思绪也会变得异乎寻常地敏感犀利。

　　这两年，每次坐高铁我都会揣上一本关于青铜重器的专业书籍。那样的文字，只要周边有一点点喧嚣嘈杂，就很难往心里去。如果心里再有不能安静的因素，那些文字便会像绣花针一样不可入眼。在高铁上读青铜重器，能方便地找到金属的天然质感。这种天籁意味与文学本质已近在咫尺。在高铁上，与我相遇的蟠虺意境，直接升华的结果便是长篇小说新作《蟠虺》。

　　高铁改变了武汉自不待言，高铁正在改变中国，也是不争的事实。当中国的高铁从哈尔滨通达深圳，从上海延伸到乌鲁木齐，先前那些诋毁的声音也像是在一夜之间消失了。大概是那些人实在不好意思再违反常识，肆意歪曲在三千公里、五千公里的中国大地上奔驰的高铁，与在两百公里、三百公里的日本新干线上跑着的快速列车是同一回事。去年还是门可罗雀的各处高铁车站，今年就变得熙熙攘攘。去年各路高铁车厢还是空空如也，今年就变得一票难求。我希望我们的高铁上更多一些思考者与读书人，也希望父老兄弟慈母姐妹们打工的血汗工厂的利税，多用在民族工业的高铁上。由此我们有理由期待，再过些年，崛起的大中华因为这项改变我和世界的伟大贡献而真正受到世界的尊敬。我和世界正心甘情愿地快意见证。在中国大地上流传的文学，终将与殊途同归的高铁一样，成就中国气派和中国气象。

二〇一四年七月十九日于东湖梨园